ÉLUCUBRATIONS

© 2021, Laetitia ZomBie
Édition : BoD – Books on Demand, 12/14
rond-point des Champs-Élysées, 75008 Paris
Impression : BoD - Books on Demand, Norderstedt,
Allemagne
ISBN: 9782322399598
Dépôt légal : novembre 2021

ZomBie

Élucubrations

Illustrations : Inès

À mes ex-collègues "bregilien/nes",
qui ont su me faire mourir de rire.

Herr General !

Herr General !

L'action se passe au sein de l'armée. Et nous allons ici évoquer l'histoire du Général, un homme très peu charmant mais droit. Quand il partait en guerre, il ramenait toujours tous ces hommes sains et saufs. C'est qu'il était très rigoureux, le général, et ce, sur le moindre détail.

Il se levait toujours à l'heure sans utiliser de réveil et, après s'être habillé d'une façon plus que correcte dans son vêtement de Général, il sortait pour inspecter ses troupes au garde à vous qui l'attendaient. C'était son moment préféré de la journée, l'inspection. Le moment où tout était parfait, ou presque. En effet, il ajustait certains cols, remettait correctement un pied trop rentré ou trop avancé et même parfois, mais cela restait rare, il sortait son mini peigne de sa poche pour recoiffer un cheveu qu'il jugeait rebelle d'un des soldats. Il considérait cela comme un grand privilège pour celui qui en bénéficiait, de sa *petite retouche perso*, se plaisait-il à penser. Puis, il laissait le soin au commandant d'échauffer les hommes.

Pendant ce temps, il rejoignait son bâtiment pour remplir différentes tâches administratives qui lui incombaient mais il faisait avant tout un petit détour par les cuisines pour s'enquérir du menu du jour et adresser un message d'encouragement au personnel. C'est alors qu'il remarqua un berceau posé sur une des tables du réfectoire. Que faisait-il ici ? Il n'en savait rien et ne voulut pas le savoir. Et, bien qu'il soit passé devant assez rapidement, il avait pu remarquer les magnifiques yeux verts du nourrisson qui semblait l'avoir fixé bien intensément. Était-ce son imagination ? *Non, il n'y a que les fous qui ont une imagination débordante*, pensa-t-il. Ce bébé était bien là et l'avait fixé. Pourquoi cela le perturbait-il autant ? Quoi qu'il en soit, lorsqu'il arriva en cuisine, il lança son petit mot d'encouragement à la volée et repartit sans s'attarder sur les détails du menu du jour. Il avait bien senti les regards étonnés du personnel mais avait repris son chemin en direction de son bureau pour ne plus avoir à penser au nourrisson.

Il se posta un instant devant sa fenêtre pour le chasser de sa tête et reprit vite le cours de son train de vie quotidien en s'attaquant à la pile de dossiers importants qu'il avait sur son bureau comme tous les matins. Et puis, la journée toucha à sa fin, sans autre "perturbation".

Le général se coucha, toujours à la même heure pour se relever le lendemain matin également à la même heure que la veille. Il s'habilla comme à l'accoutumée dans son vêtement de Général et sortit inspecter ses troupes au garde à vous qui l'attendaient. C'était son moment préféré de la journée, l'inspection. Le moment où tout était parfait, ou presque. En effet, il ajustait certains cols, remettait correctement un pied trop rentré ou trop avancé et même parfois, mais cela restait rare, il sortait son mini peigne de sa poche pour recoiffer un cheveu qu'il jugeait rebelle d'un des soldats. Il considérait cela comme un grand privilège pour celui qui en bénéficiait, de sa *petite retouche perso*, se plaisait-il à penser. Puis, il laissait le soin au commandant d'échauffer les hommes. Pendant ce temps, il rejoignait son bâtiment pour remplir différentes tâches administratives qui lui incombaient mais il faisait avant tout un petit détour par les cuisines pour s'enquérir du menu du jour et adresser un message d'encouragement au personnel. Quand soudain, au détour du bâtiment, il se heurta à… *une petite fille ?!! Hier, le nourrisson, aujourd'hui, une petite fille !*

– Ne me laisse pas comme hier sinon tu ne me verras pas grandir, lui dit-elle.

Il ne comprit pas un mot de ce qu'elle tentait de lui dire. Peut-être avait-elle reçu un coup à la tête ? Il la conduisit en direction des cuisines afin de s'enquérir auprès du personnel si cette fillette était venue avec l'un d'eux. La petite fille le suivit sans broncher mais alors qu'il demandait aux gens, elle s'empara de sa main et déclara :

– Je suis une des plus proches parents de Martial mais il ne s'en souvient pas encore.

Abasourdi, le Général se tourna vers la fillette. Tous les autres yeux étaient braqués sur lui.

– Mais c'est impossible ! répondit celui-ci. Je ne l'ai jamais vu cette petite !

Le regard de la fillette devint alors très dur et elle lui répondit brusquement :

– Mais cesserez-vous donc d'être aveugle un jour et allez-vous me voir enfin ?

Ce regard, pensa le Général, *je le reconnais.*

– Et maintenant, continua la fillette, vous allez me suivre ou vous aurez à le regretter toute votre vie durant !

Sur ce, elle serra fort la main dans la sienne et l'entraîna, sous les yeux ébahis du personnel des cuisines, au dehors suivre le chemin à l'exact opposé du Général à l'ordinaire.

Elle le tira de force jusqu'à la sortie de sa routine habituelle et le conduisit en dehors de la base pendant que le Général réfléchissait, tentant désespérément de se souvenir où il avait déjà vu ce regard. Une fois passés devant les gardes à l'entrée avec un petit mot d'explication maladroite, il stoppa la fillette et l'obligea à lui faire face.

– Voulez-vous bien cesser ces enfantillages, jeune fille. Je ne vous connais ni d'Eve ni d'Adam et vous le savez fort bien ! Alors j'exige de vous que vous me disiez précisément ce que vous attendez de moi et pourquoi vous m'empêchez de remplir mes fonctions habituelles et hautement importantes, je vous prie ! Et par tous les saints, que fait donc une petite fille à l'intérieur d'un camp militaire ?!!

– Cessez de m'importuner Martial ! Je vous connais fort bien ! C'est vous qui ne vous connaissez même pas vous-même ! répondit la fillette sur le même ton. Tenez, Martial ! Comment pourrais-je connaître votre prénom ? Tous ces gens ici vous appelle Général !

Le Général se redressa. *Mais oui*, pensa-t-il, *comment connait-elle mon prénom ? A-t-elle eu accès à des dossiers confidentiels. Et si oui, possède-t-elle d'autres informations ? Est-ce une espionne ? Si jeune ?*

– Par pitié, Martial, veuillez mettre une fin à vos réflexions ridicules ! Et avançons, je n'ai guère le temps de tergiverser !

Puis, elle s'avança plus loin dans la forêt qui bordait le camp. *Quel vocabulaire a-t-elle là ?!!* Elle lui rappela lui-même lorsqu'il était enfant. Il parlait également de cette manière, se différenciant de ses camarades qui le brimaient souvent pour cette raison.

– Mais ?

Il la chercha des yeux. Elle avait disparue. Il fouilla les environs à sa recherche mais ne la trouva pas. Il voulut l'appeler mais il s'aperçut qu'il ne lui avait pas demandé son prénom.

Il ne revint qu'à la nuit tombée, tout couvert de boue et d'égratignures dues aux diverses ronces jonchant la forêt. Il n'avait cessé de chercher la fillette en se remémorant sa vie passée, plus particulièrement, son enfance, ses camarades de jeu, ses bagarres, sa famille… Il avait passé une journée horrible, se perdant dans les bois, peinant à retrouver son chemin, se prenant les pieds dans des racines, tombant parfois mais se relevant toujours.

En passant devant la caserne, il entendit quelques soldats discuter. Il avait reconnu leurs voix.

– Alors, tu as eu droit au fameux coup de peigne du Herr General Heute ? demanda une voix faussement allemande.

– Oh, ça va ! J'ai eu le malheur de laisser un cheveu dépasser et v'là qui me sort son peigne tout crasseux là. Je suis quasiment sûr qu'il l'utilise aussi pour recoiffer les morts sur un champ de bataille !

Et tous s'esclaffèrent. Le Général repartit dans l'ombre pour regagner sa chambre où il fut bien en peine de trouver le sommeil.

Il se réveilla le lendemain à la même heure qu'à son accoutumée et s'habilla de la même façon que les autres jours dans son habit de Général. Puis, il sortit pour inspecter ses troupes au garde à vous qui l'attendaient. C'était son moment préféré de la journée, l'inspection. Le moment où tout était parfait, ou presque. En effet, il ajustait certains cols, remettait correctement un pied trop rentré ou trop avancé et même parfois, mais cela restait rare, il sortait son mini peigne de sa poche pour recoiffer une mèche qu'il jugeait rebelle d'un des soldats. Mais alors qu'il allait sortir son mini peigne de sa poche pour recoiffer l'un d'eux, il s'aperçut qu'il reconnaissait ce soldat. Il le regarda dans les yeux et y vit pétiller une lueur de malice dans son regard qui, d'après ses propos de la veille, laissait à penser qu'il avait fait exprès de laisser quelques cheveux dépasser de son calot. Le Général finit tout de même par sortir son mini-peigne pour le recoiffer et lui remettre son calot correctement puis, s'adressa à lui directement :

– Non, je ne recoiffe pas les morts avec ce peigne, je les laisse en paix. En revanche, vous aurez l'ultime privilège de bénéficier de ce coup de peigne tous les matins dorénavant.

Enfin, quand il eut fini, il rangea le peigne, tourna les talons, laissant le soldat rouge pivoine à la risée de tous ses Herren Kameraden !

Soudain, le Général aperçut au loin une jeune fille qui semblait distraire les gardes à l'entrée. Sans exactement savoir pourquoi, il se dirigea dans sa direction. Il savait qu'il devait y aller, c'est tout. Alors qu'il arrivait à sa hauteur, il reconnut ces incroyables yeux verts qui le fixaient.

– On y va ? demanda la jeune fille au Général.

Sans hésitation cette fois, il lui prit la main et se laissa entraîner. Elle marchait tellement vite dans les bois qu'il dû parfois courir pour ne pas se laisser distancer.

– Si tu ne me lâches pas la main cette fois, tu ne risques plus de me perdre, le rassura-t-elle, comme lisant dans ses pensées.

Puis, elle ajouta :

– Et je ne lis pas tes pensées, je SUIS tes pensées !

Il stoppa leur course mais la tenant fermement par la main, l'empêcha de s'enfuir. Celle-ci ronchonna :

– Aller, avance ! Tu dois te réveiller bientôt ! Et il y a tellement à voir, à rire, à respirer, à chanter… à courir !

Elle termina sa phrase avec un regard malicieux et en lui serrant la main plus fort, le força à courir derrière elle. Étrangement, il appréciait cette course dans les bois, les branches encore humides frôlant son visage, les obstacles naturels de la forêt qu'il évita parfaitement cette fois en sautant par-dessus... ou par-dessous parfois, ce qui le fit rire surtout quand elle s'enfila dans un tronc d'arbre mort pour ressortir de l'autre côté alors que lui courait au-dessus. Ils se rejoignirent, se reprirent la main et continuèrent leur folle embardée jusqu'à déboucher au bord d'une rivière. Là, elle put le lâcher, leva ses bras au ciel, ferma les yeux et huma l'air frais de la rivière, encore un sourire accroché à ses lèvres. Le Général l'observa un temps, se remémorant ses vagabondages dans la nature alors qu'il était encore jeune et insouciant. Mais ses réflexions le rattrapèrent et il recommença ses questions auprès de la jeune femme :

– Vous dites que vous me connaissez, que vous représentez mes pensées et que nous n'avons pas beaucoup de temps avant que je me réveille, c'est cela ? Tout cela n'est donc qu'un rêve ? Mon Dieu, qu'il est bien étrange. On dirait la réalité !

La jeune femme baissa les bras et se tourna vers lui, en colère :

– Tu m'expliques ce que tu comprends, pas ce que je t'ai dit !

– Mais bien sûr que si ! Ce sont vos propos que je viens de résumer là, jeune fille !

– Mais tais-toi, imbécile ! Tu ne m'écoutes pas ! Tu n'entends rien ! Écoute ! répliqua-t-elle en tendant la main vers les arbres.

Le Général se tourna dans la direction qu'elle lui indiquait et écouta. Petit à petit, les bruits familiers de la forêt lui parvinrent. Les oiseaux, les insectes, des craquements de branches qui indiquait qu'un assez gros animal se déplaçait non loin, peut-être un chevreuil, le cri d'un héron qui s'en allait, surement dérangé dans sa pêche par leur arrivées, les battements d'ailes d'une flopée de canards qui passaient au-dessus de lui, le clapotis de l'eau qu'un poisson venait de produire alors qu'il remontait à la surface. Puis, il perçut également le doux murmure du vent dans les arbres et sentit enfin l'air frôler son visage. Il sentit la terre sous ses pieds et s'aperçut qu'il ne portait pas de chaussures. Cela le fit rire. Il barbota un moment dans une motte de terre qu'une taupe avait soulevé. Incroyable d'ailleurs, ces petites bêtes qui vivent sous terre. Enfant, il se disait qu'il ne pourrait jamais, comme elles, rester enfermé sans voir la lumière du soleil et ne pas jouir des plaisirs de la nature. Et puis, il se confronta à sa situation mais sans vouloir trop y réfléchir non plus, il se laissa tomber dans l'herbe, sentit la rosée du matin mouiller ses vêtements. Une incroyable sensation de bien-être l'envahit. Il se laissa aller à ses rêveries d'autrefois quand il avait étreint la belle Paule derrière les buissons du jardin de ses parents et se remémora ses bras qui l'enlaçaient, ses mains, son sourire, sa bouche et d'autres choses encore plus sensuelles de son corps qu'il ne cessait d'embrasser, de caresser, demandant toujours plus encore.

Enfin, il revint à lui. Il ouvrit les yeux sur la nuit et ses nombreuses étoiles. Il revint au camp plus fatigué que jamais mais en passant devant la caserne, entendit les voix de quelques soldats et, plutôt que de passer devant sans se faire voir, il décida d'entrer. Tous, quand ils le virent, se mirent au garde à vous. Un groupe s'était réuni autour d'une table et jouait aux cartes. Le Général s'assit à la place d'un des joueurs et s'empara de son jeu de cartes.

– Repos.

Tous se détendirent légèrement mais se demandant ce que le Général pouvait bien faire à cette heure dans leur repère, couvert d'écorchures et pieds nus, ils n'osèrent bouger de leur place.

– Eh bien, mon garçon, continua le Général, avec un jeu pareil, il sera difficile que vous gagniez quoi que ce soit ce soir !

Puis, s'apercevant du trouble qu'il causait aux hommes, il ajouta :

– Mais nous allons vite y remédier. Allons, prenez place messieurs et jouez donc avec votre Herr General !

Épatés, certains soldats souriaient, d'autres encore sur la réserve, attendaient pour voir ce qui allait se passer et ceux qui jouaient aux cartes prirent place autour de la table de jeu improvisée. Ils jouèrent jusqu'à tard dans la nuit et comme le Général l'avait promis, il gagna presque toutes les parties. Tous les hommes avaient fini par se regrouper autour de lui et riaient maintenant avec le Herr General.

Enfin, sans dire un mot, le Général se leva pour regagner sa chambre et son lit.

Le lendemain, le Général se réveilla comme à son habitude, sans utiliser de réveil et, après s'être habillé d'une façon plus que correcte dans son vêtement de Général, il sortit pour inspecter ses troupes au garde à vous qui l'attendaient. C'était son moment préféré de la journée, l'inspection. Le moment où tout était parfait, ou presque. En effet, il ajustait certains cols, remettait correctement un pied trop rentré ou trop avancé et recoiffait toujours le soldat rebelle même si celui-ci était impeccablement bien coiffé, avec son mini-peigne. Ce dernier se retint d'ailleurs de rire, comme tous les autres d'ailleurs mais tous se tinrent aussi droit que d'habitude. Il s'agissait tout de même du Herr General ! Celui-ci rangea son mini-peigne dans sa poche et lui dit personnellement :

– On se retrouve demain matin, soldat.

Un autre homme dans les rangs ne tint pas sa posture et pouffa de rire. Le général l'aperçut et, de son air le plus sérieux, alla se planter devant l'incorrigible pour le sermonner. Mais alors qu'il s'apprêtait à le réprimander, il le reconnu comme l'homme qui n'avait cessé de perdre au jeu de cartes la veille. Alors, sur un ton plus bienveillant qu'il n'avait pensé posséder jusque-là, le général s'adressa à lui de cette manière :

– Quand on ne sait pas tenir un jeu de cartes entre ses mains, on peut néanmoins tenir sa position, soldat.

Le soldat baissa les yeux.

– On ne baisse pas les yeux devant son Général.

L'autre redressa immédiatement la tête.

– Oui, mon général ! Pardon, mon Général !

Le Général fixa un instant ce jeune soldat dans les yeux et y lut toute la profondeur de l'homme en lui. Puis, il se détourna et laissa le soin à son commandant de disposer de ses troupes. Mais au lieu de prendre son chemin habituel vers son bureau et avant cela la cuisine, le Général emprunta celui de la sortie et alors qu'il passait devant les gardes à l'entrée, l'un d'eux l'aborda pour lui demander s'il voulait reprendre ses chaussures qu'il avait laissées la veille. Devant son air surpris, l'officier éclaircit la situation en lui disant qu'il les leur avait laissées car il voulait retrouver le goût de son adolescence dans les bois. Le Général, n'ayant pas le souvenir de leur avoir dit une chose pareille, les questionna à propos de la jeune fille qu'ils avaient vu la veille. Mais les officiers répondirent qu'ils n'avaient adressés la parole à personne d'autre qu'à lui-même. Le Général commença à soupçonner la véritable nature de la jeune fille et puis, il confia ses chaussures d'aujourd'hui aux gardes et annonça qu'il reprendrait les deux paires à son retour. Ensuite, il partit rejoindre ce qu'il croyait bien pouvoir être, à travers les bois, plantant là les gardes pris au dépourvu. Il retrouva le chemin qu'il avait emprunté la veille avec la jeune fille aux yeux verts comme les siens et rejoignit la rivière. Il s'arrêta au bord de la rive, ferma les yeux, ouvrit les bras vers le ciel, sentit l'air frais de la rivière sur son visage et écouta les différents bruits de la nature quand soudain, il entendit son nom dans le vent. Il ouvrit les yeux mais ne voyait personne autour de lui. Pourtant, il l'avait bien entendue, cette voix ! Comme celle de sa mère qui l'appelait tous les soirs pour venir manger lorsqu'il était adolescent.

– Martial !

Cette fois, il avait distingué sa provenance : de l'autre côté de la rive. Il la vit. De loin, cette personne ressemblait à sa mère dans les souvenirs qu'il avait d'elle et elle lui faisait signe de le rejoindre mais il ne vit pas de pont pour traverser.

– Allons, viens me rejoindre ! Elle n'est pas si froide, tu verras !

Bon, il ne se le fit pas dire deux fois, il retira ses habits de Général et plongea dans l'eau fraîche du matin. *Pas froide ! Pas froide !* pensa-t-il. Elle n'était tout de même pas très chaude non plus. Il remonta à la surface et fut aidé par la belle dame qui lui reprocha de ronchonner. Elle lui tendit une serviette bien chaude dans laquelle il s'enroula.

— Elle est bien chaude parce que je l'ai mise sous mes fesses en t'attendant, lui confia-t-elle tout sourire.

— Comment tu as su que j'allais venir ? lui demanda-t-il tout en la contemplant.

Il la trouvait belle et pleine de vie. Il aimait le contour que formait sa bouche quand elle souriait. Il retrouva un peu le sourire de sa mère sur son visage ainsi que ses propres traits à lui. Il n'attendit pas de réponses, trop occupé à regarder la forme de son corps, la courbe de ses hanches et ses mouvements alléchants qu'elle provoquait quand elle se déplaçait. Elle s'approcha d'une couverture soigneusement tirée sur le sol et s'y assit non sans soulever brièvement sa jupe. Aucun détail ne lui avait échappé. Elle avait alors tourné son regard vert dans sa direction et lui adressa un bon rire franc et plein de promesses, tout comme son ancienne épouse l'avait fait avec lui bien des années auparavant.

Ils passèrent la journée à se remémorer les anecdotes et autres bons souvenirs de son passé en riant de bons cœurs. Soudain, une voix héla le Général de l'autre côté de la rive. C'était un des gardes de l'entrée du camp. Visiblement, il y avait un problème à la base. Sans hésiter, il plongea pour le rejoindre et remplir ses tâches de Général sans plus tarder.

Le soir toucha à sa fin et le Général, épuisé après avoir résolu les problèmes qui étaient venus spontanément se présenter à lui un par un, partit enfin se coucher sans passer devant la caserne, ce qui lui manqua. Après avoir passé la moitié de la journée à rire et à s'entendre rire, il aurait aimé retrouver cette ambiance festive et insouciante des soldats ainsi qu'un peu de ce qu'il avait perdu en rejoignant l'armée et par la même, l'officier qui l'avait attendu de l'autre côté de la rive avec ses deux paires de chaussures parfaitement entretenues. Il se demanda presque pourquoi il avait plongé. Il s'endormit le cœur lourd d'une ancienne blessure ouverte depuis longtemps qu'il n'avait su consolider qu'en l'oubliant avec le temps, faisant passer ses fonctions de Général avant sa propre vie.

Et puis, la nuit était passée. Il se leva le lendemain à la même heure que la veille, sans utiliser de réveil et, après s'être habillé d'une façon plus que correcte dans son vêtement de Général, il sortit pour passer devant les soldats au garde à vous qui l'attendaient. C'était son moment préféré de la journée, l'inspection. Le moment où tout était parfait, ou presque. En effet, il ajustait certains cols, remettait correctement un pied trop rentré ou trop avancé et recoiffait toujours le soldat rebelle même si celui-ci était impeccablement bien coiffé, avec son mini-peigne.

Cependant, ce matin-là, le Général passa devant ces hommes sans un mot et se dirigea vers la sortie, sans plus d'explications.

Il traversa à nouveau la forêt et décida de marcher le long de la rivière, laissant son esprit vagabonder, pleins de préoccupations anciennes. Une bonne partie de la matinée s'écoula quand enfin il aperçut un pont lui permettant de traverser la rivière sans plonger. Mais sur ce pont, il aperçut une silhouette qu'il connaissait fort bien, une femme âgée qui semblait l'attendre. Il marcha jusqu'à elle sans se presser et, arrivé à sa hauteur, s'accouda au garde-corps du pont pour contempler le courant de la rivière. La vieille femme s'adressa à lui :

– Nous voici au bout du voyage mon petit.

Elle laissa passer un ange, le laissant méditer sur ce que cela impliquait.

– Alors, reprit-elle, es-tu satisfait de ta vie ? Pourras-tu continuer à vivre avec moi ou abandonneras-tu tout espoir de revivre à nouveau, emmuré comme tu l'es dans ta propre mélancolie ?

Le Général contempla tout le chemin qu'il avait parcouru pour venir jusqu'à elle et raviva ses tourments. Il sentit qu'elle lui caressait la joue.

– Ravale tes larmes mon petit ou pleure une bonne fois et finissons-en !

Il s'aperçut qu'il était effectivement en train de pleurer. Puis, sans crier gare, la vieille femme passa par-dessus le garde-corps et sauta dans le vide. Estomaqué par son geste, le Général voulut la retenir et l'agrippa par la main mais perdit l'équilibre et plongea lui aussi, tête la première dans l'eau froide. Il ne l'avait pas lâché et c'était tout ce qui comptait. Il la ramena tant bien que mal sur la berge. Elle respirait avec peine mais était consciente. Elle le regardait de ses yeux verts emplis de bienveillance et lui caressa la joue, comme l'avait fait sa grand-mère autrefois. Elle lui sourit et lui dit d'une voix douce :

– Alors ?!! On a fait le grand saut ?

Il la mit contre elle, lui, assis dans l'herbe et elle, allongée contre lui. Ils profitèrent de ce moment unique dans toute l'histoire de sa vie et attendirent patiemment ensemble les derniers instants d'une vie passée. Elle ferma petit à petit ses jolis yeux verts et il se surprit à fredonner une mélodie oubliée que lui avait chanté sa grand-mère pour l'endormir lors de son enfance. Il la berça précautionneusement contre lui et elle se laissa aller dans ses bras, lui offrant ainsi son dernier souffle.

Le lendemain matin, alors que Martial se réveilla d'un long rêve étrange, il s'assit au bord de son lit et pleura sans retenue sur tout ce qu'il avait enfoui au fond de lui, tout ce qu'il avait perdu. Puis, quand vint l'heure de s'habiller pour passer en revue les soldats au garde à vous qui l'attendaient, Martial s'habilla de rigueur, soignant son apparence car il était de son devoir de Général de le faire. Néanmoins, il se départit de cette fâcheuse manie de s'habiller par automatisme qui l'avait habité jusqu'ici et se regarda vraiment dans le miroir cette fois, pour se contempler, lui, l'être humain qu'il était et non l'image qu'il se renvoyait à lui-même. Ainsi, cette espèce d'habitude de se voir tel qu'il devait être et non comme il était l'avait soudainement quitté. Et l'image de lui qu'il avait devant les yeux lui sauta brusquement à la gorge.

Ce matin-là, les soldats virent le général traverser la cour sans effectuer sa ronde habituelle, l'œil pâle, l'air abattu et la mine affreuse mais avec, au fond de son être, une certitude sans faille car Martial, die Herr General comme on l'appelait, reprenait enfin le cours de sa Vie.

"Si vous pensez que l'aventure est dangereuse,
essayez la routine...
... elle est mortelle !"

Paulo Coelho

La planète Théorie
*
1ère partie

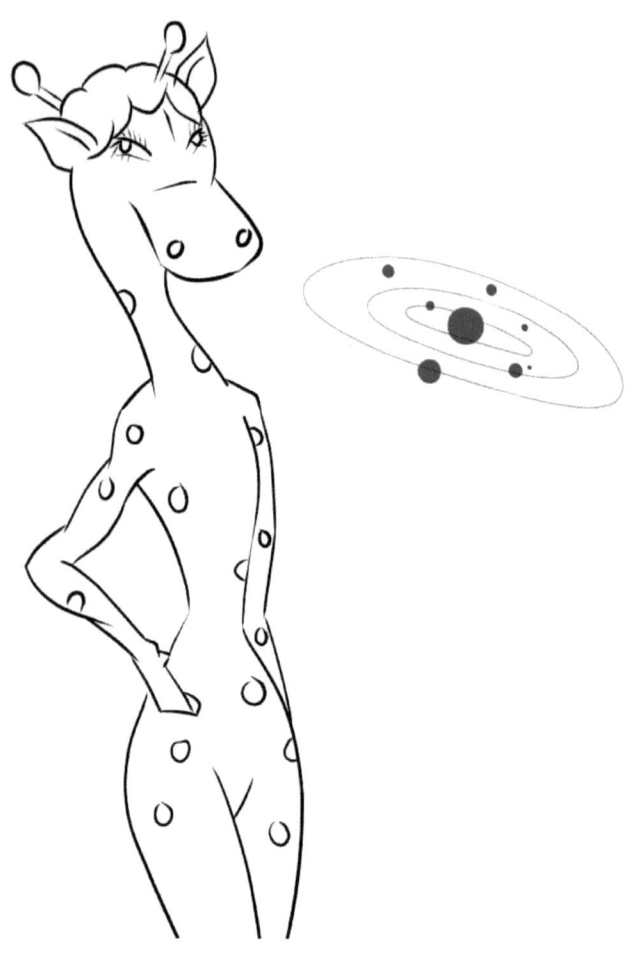

La planète Théorie – 1ère partie

Michel, 52 ans, sa femme, Louise, et ses deux enfants, Camille et Sébastien vivaient au sein de leur luxueuse maison campagnarde dans ce que l'on appelait autrefois la Norvège. Le changement du climat avait permis à cet ancien pays un renouvellement de sa biodiversité, et les températures, plus clémentes qu'autrefois, permettaient à présent à chacun de profiter d'une douceur équivalente à celle apportée par le Gulf Stream sur le littoral. Sa fusion avec l'ancienne Suède, d'abord très critiquée au départ, avait néanmoins été bénéfique sur le long terme pour contrôler l'impact des activités humaines sur cette part de continent déjà bien écologique, à tel point que cette nouvelle façon de diriger s'étendit sur toute la surface du Globe Terrestre.

En effet, l'évolution des modes de pensées s'alliant avec l'avancée de la technologie, l'espèce humaine avait su, à temps, revenir à une forme de divinisation de la Terre Mère, Gaia, en respectant sa formidable manière de communiquer, notamment en faisant attention à ne pas trop épuiser ses ressources naturelles et en développant des outils de physiques quantiques utiles à la transformation des corps physiques en corps cosmiques permettant à ceux-ci de se déplacer dans l'espace-temps, supprimant ainsi le bruit et les vibrations que les anciens engins de transport généraient.

Un nouveau mode de téléportation à domicile avait donc vu le jour et l'on pouvait "apparaitre" où bon nous semblait. Tout était devenu accessible en partie dû au développement de l'ancienne application *Géole Map*, devenu *Portail*. Mais il aura fallu un long moment, animé par de nombreux débats scientifiques et politiques, mouvementés par diverses manifestations de militants conspirationnistes croyant dur comme fer que la téléportation avait des effets néfastes sur la santé soi-disant cachés par le gouvernement, avant que l'accès à tous et pour tous soit gratuit et complètement libre. Mais finalement, les Dirigeants de la Présidence de "*Un Monde Pour*

Tous" y avaient finalement consenti avec un profit non négligeable, vu le déclin considérable de Gaia face au bouleversement climatique et l'apport de bénéfices financiers et écologiques qu'apportait la téléportation. De plus, depuis qu'il n'était plus question d'habiter à proximité de son lieu de travail, les gens avaient tout d'abord commencé à être itinérants, puis, petit à petit, les agences immobilières qui avaient donné naissance à des offres d'achats de terrains dont personne ne voulait au départ, croulaient sous les demandes en affichant pourtant des prix exorbitants.

À l'époque, Michel avait alors cru bon de profiter de ces instants mouvementés pour acquérir un de ces terrains à bas prix en Novilaks[1] et, maçon de métier, avait bâti sa maison au fil des ans, de ses propres mains. Au prix où s'étaient construites les maisons de ses voisins des années plus tard, Michel s'estimait plutôt chanceux.

Louise, sa femme, qui l'avait traité tout d'abord de fou, avait, elle, cru bon, pour le récompenser de son bon flair, de lui faire deux enfants qu'il ne voyait jamais, lui, mais pas son compte en banque.

C'est ainsi que tous les matins, son réveil sonnait à 6h. Tous les matins, il se levait, prenait sa douche avant le petit-déjeuner que lui préparait le robot Kitchen-mobil, loué pour le mois à bas prix et, avant de se téléporter à son travail en Nouvelle Burmanie[2], il faisait une petite bise sur la joue de sa femme qui lui autorisait ce seul petit moment d'affection pour revenir le soir, complètement épuisé par sa journée, s'effondrant dans son lit simple, à côté de celui de Louise, sa femme rappelons-le. Mais cette distance n'accommodait pas Michel qui croyait avoir la belle vie, comme il disait, une vie qu'il décrivait comme idyllique et que beaucoup, d'après ses dires, enviaient.

---

[1] Nom de l'ancienne Norvège fusionnée avec la Suède
[2] Regroupements d'anciens pays d'Afrique dont la forme rappelait celle de l'ancienne Birmanie

Cependant, ce matin-là, rien n'était allé comme il fallait. Aussi, ne fut-il pas surpris, ou plutôt sa surprise fut moindre, ou plutôt encore il s'était presque attendu à ce qu'il se produise ce quelque chose d'inhabituel, quelque chose dans la continuité de cette matinée mal passée, bref, comme il vous plaira. Son réveil n'ayant pas sonné, Michel était en retard dans le déroulement de sa journée. Kitchen-mobil avait brûlé ses tartines et renversé le lait faisant disjoncter le robot du ménage. Et pour finir, du fait qu'il ait osé demander à sa femme de nettoyer le tout, il n'avait pas eu droit à sa bise du matin, son seul moment d'affection !

Aussi, après avoir transplané à son terminus de transfert, il vérifia immédiatement ses coordonnées.

"ENDROIT INCONNU !!!" lui hurla la voix de *Portail* dans les oreilles. Il retira brusquement ses connecteurs de ses oreilles et se mit à cligner des yeux devant ce qui l'entourait.

Ce qu'il prit au départ pour des girafes vertes devinrent petit à petit à ses yeux des gens-girafes, légèrement cabré vers l'arrière pour se déplacer sur leurs deux... pattes ? Jambes ? Nul ne saurait dire. Elles avaient bien des mains à la place des mains, les yeux à l'endroit où devaient se trouver les yeux et il imagina que pour le reste, tout était à sa place.

Une femelle, lui sembla-t-il, s'approcha de lui et se pencha. Face à elle, il s'aperçut alors qu'il était tout petit. Elle cligna ses yeux de biche (*pour une girafe !* pensa Michel avec ironie) et secoua ses oreilles de questionnement. Du moins le comprit-il comme tel puisqu'il crut bon de tenter de justifier sa présence ici. Il balbutia quelque chose et très vite une pensée surgit au sein même de son esprit qui lui disait "*désordre*". "*Oui*" lui répondit-il. "*Range*" ordonna l'autre. Alors il se remémora son réveil et son transfert, ratés tous les deux, puis, il sentit cette autre entité dans sa tête se questionner sur sa provenance dans l'espace. Il se rappela ses cours d'astronomie et situa la Terre au milieu des autres planètes du système solaire. La girafe ou quoi que ce fut d'autre se redressa et lui fit signe de le suivre.

Elle l'emmena environ 10 mètres plus loin avec cette étrange démarche cambrée, et commença à tapoter sur quelque chose qu'il crut tout d'abord invisible tellement c'était fin mais quand il le vit, il vit tous les autres, alignés en arc de cercle, les enveloppant. Cela ressemblait à des tablettes en verre posées sur des supports transparents, devenant plus visibles lorsqu'elles étaient utilisées grâce à l'affichage de données. La femelle s'empara de quelque chose qu'elle plaça à son oreille et lui donna un objet qu'il n'avait jamais vu, aussi peina-t-il à le décrire, et, comme il ne savait pas quoi en faire, le contempla avec toute la stupidité qu'il put y mettre, car il commençait à comprendre qu'elle communiquait par télépathie, chose qui avait été en voie de développement sur Terre à une certaine époque mais très vite à l'abandon par manque de compétence de l'esprit humain.

La femelle lui prit alors l'objet des mains et lui plaça dans l'oreille.

– AIL ! cria-t-il.

Cela était extrêmement douloureux. Il s'aperçut qu'une douzaine de gens-girafes aux alentours s'étaient subitement arrêtés pour le regarder. Il les dévisagea à leur tour sans dire un mot. Puis, doucement, tout le monde reprit son déplacement invraisemblable. Soudain, il entendit une respiration saccadée devant lui et il vit avec horreur que la femelle girafe avait des soubresauts étranges. Mais il comprit au bout d'un moment qu'elle était tout simplement en train de rire. Il en fut extrêmement soulagé. Il s'était demandé comment il aurait pu effectuer les premiers secours sur elle, ne serait-ce qu'un bouche-à-bouche avec son long museau de girafe aurait été impossible. Elle ria de plus belle. Il se détendit et sourit à son tour de sa bêtise de pensée humaine.

Elle lui remit l'objet dans l'oreille, plus délicatement cette fois. Elle dut prendre conscience de la petitesse de l'oreille de Michel par rapport à la sienne. Elle l'incita donc à le maintenir à son oreille avec sa main, ce que fit Michel pendant un instant avant que l'appareil ne s'accroche de lui-même à son lobe. Surpris, il se laissa néanmoins faire. Puis, se tournant vers l'écran de la tablette, il y découvrit son système solaire. Ravi, il lui montra avec empressement la Terre, SA planète !! La Girafe sembla très intéressée par ce qu'il lui faisait découvrir, notamment la phrase qu'il avait apprise en cours pour se souvenir du nom des planètes, qu'il décrivait d'ailleurs au fur et à mesure de vive voix.

– Me : Mercure, voici : Vénus, tout : Terre, mouillé : Mars, J...[3]

La femelle girafe lui toucha l'épaule et passa sa main sur sa bouche, le faisant taire. Puis, elle mit sa main à sa tempe et lui fit comprendre par la pensée qu'il était inutile qu'il gaspille autant d'énergie car elle comprenait parfaitement ce qu'il pensait. Il en fut très surpris car, comme nous l'avons déjà dit, la race humaine n'avait pas la capacité d'atteindre correctement ce mode de communication. La femelle lui indiqua l'outil qu'il avait dans l'oreille et il en déduisit aussitôt que c'était une sorte d'émetteur-récepteur de pensées, le connectant par la même à la tablette qui avait indiquée au fur et à mesure chaque planète suivant l'ordre qu'il avait émis. D'ailleurs, cette dernière avait tracé une ligne depuis son système solaire jusqu'à la planète sur laquelle il était maintenant. Il se rendit compte qu'il était à des siècles-lumière de la Terre ! Comment avait-il fait pour arriver jusqu'ici, il ne le sut jamais. La femelle lui demanda ce qu'était l'objet qui tournait autour de sa planète. Michel lui répondit simplement que c'était la Lune. Elle se rappela avoir entendu parler d'une grosse planète qui avait explosé et dont une partie seulement avait pu être "fécondé" par les Dieux. Elle lui apprit également que les Dieux avaient dû quitter cette petite planète car ils ne pouvaient y maintenir leur corps en bonne santé très longtemps, laissant tout

---

[3] "Me Voici Tout Mouillé, J'ai Surpris Un Nageur Perdu", phrase enseignée à l'école pour retenir le nom et l'ordre des planètes (Mercure, Vénus, Terre, Mars, Jupiter, Saturne, Uranus, Neptune et Perséphone découverte des années après que Pluton ne soit plus considérée comme une planète).

ce qu'ils avaient fécondé à l'abandon et livré à lui-même, c'est-à-dire l'Homme.

– *L'Homme avait donc bien été créé par les Dieux !* pensa Michel. *Mais alors, existent-ils vraiment ? Sont-ils toujours vivants ?*

Il s'aperçut tout à coup qu'il communiquait par télépathie et cela l'enchanta mais cette pensée fit en sorte qu'il écouta à peine la réponse qu'elle lui donnait. Elle lui toucha l'épaule, se pencha vers lui et il comprit très clairement :

– Tu dois te concentrer… Tu leur ressembles… Ton esprit va aussi vite… Pense plus lentement.

Il s'aperçut effectivement la différence de temps qu'ils mettaient à se répondre. Le cerveau de ces êtres était visiblement plus ralenti que le sien, ce qui leur permettaient d'avoir le maximum de concentration pour effectuer une tâche de façon ingénieuse. En revanche, au contraire de lui, rien ne pouvait être effectué dans la précipitation. Michel regarda autour de lui et essaya de se connecter avec d'autres individus. Ce fut très simple. Au début, il se mit à penser à des tâches bien précises auxquelles il ne comprenait rien avant de découvrir qu'il s'agissait des pensées de ces êtres. Petit à petit, presque toutes les pensées qu'il captait se rejoignirent et il s'aperçut qu'à nouveau, tous les êtres-girafes avaient stoppés leurs déambulations pour le contempler.

– Cela fait longtemps qu'un demi-Dieu n'est pas venu ici, lui rapporta la femelle girafe en pensée.

Michel s'arrêta sur le mot :

– "Demi-Dieux" ? questionna-t-il.

– Oui, lui répondit la femelle, mais tu es plus petit et… "amoindri".

Certains mots qu'elle utilisait avaient des difficultés à atteindre une définition précise dans le cerveau de Michel qui était habitué à s'exprimer avec des mots plutôt qu'avec des pensées. Aussi piochait-elle dans son vocabulaire pour trouver ne serait-ce qu'une correspondance avec le mot qu'elle voulait exprimer. Ils discutèrent encore un moment de ce peuple qui s'appelait Dieux comme le peuple de Michel se nommait Humains, jusqu'à ce qu'ils se comprennent parfaitement.

Il s'était tellement pris d'enthousiasme à communiquer de cette façon avec cet être épatant qu'il n'avait même pas encore fait attention à l'environnement dans lequel il se trouvait. Ce n'est que lorsqu'elle l'invita à le suivre "dehors" qu'il s'aperçut qu'il était dans une sorte d'intérieur, une "galerie" comme elle le lui suggéra.

– "Commerciale ?" avait-il demandé mais elle n'avait pas compris le terme.

Apparemment, ils n'achetaient rien sur cette planète.

Ils franchirent une sorte de portail et, téléportation ou pas, ils se trouvèrent à présent "dehors", la galerie ayant complètement disparue derrière eux sans qu'il ait pu vraiment l'observer. Dehors, tout était jaune et chaud. Il y faisait bon. La femelle se dirigea vers une rangée d'objets ressemblant à des tuiles plates. En voulant la suivre, Michel se retrouva à voler dans les airs, essayant de retrouver son équilibre comme il put, notamment en battant des jambes et des mains, sans y parvenir. Il finit par atterrir aux pieds de la femelle, tête la première dans l'espèce de gravier-sable qui recouvrait le sol, lui laissant un léger goût salé dans la bouche. La femelle, riant dans un premier temps, l'aida à se remettre debout. D'une main, elle le souleva de terre et le plaça sur une de ces tuiles.

– Ici, gravitation différente de galerie, lui expliqua-t-elle.

Et il remarqua qu'effectivement, elle lui avait paru grandie mais non, elle s'était juste redressée du fait de la pesanteur moins lourde. Elle marchait en réalité avec élégance et ses longues jambes fines lui donnaient alors un charme fou quand elles n'étaient pas pliées comme dans la galerie.

– Mais alors, pourquoi maintenir la gravité dans la galerie ? demanda-t-il.

– Car objets pas assez lourds pour tenir sur le sol.

– Et ces tuiles-là ?

– Non. Pas tuiles. Pierres de transport.

Puis, elle monta sur l'une d'elles et se souleva du sol, projetée par une sorte de souffle chaud provenant de la pierre. Il voulut la rejoindre et s'aperçut qu'il était déjà arrivé à sa hauteur. Cette pierre avait l'air de se connecter directement aux pensées par le biais de l'émetteur-récepteur. Elle lui prit la main. De cette manière, elle put le guider dans les airs, là où elle désirait aller. Docilement, Michel se laissa emporter, oubliant son travail, sa femme et ses enfants…

"Un jour, j'irai vivre en Théorie…
        … car en Théorie, tout se passe bien."

Anonyme

La préhistoire dans l'homme moderne

La préhistoire dans l'homme moderne

Je ne comprends pas, je ne comprends rien. Où sont passés les animaux que je chassais ? Où sont passés les humains que je côtoyais et sur qui je pouvais compter ? Ma Tribu, ma famille. J'ai... *de la technologie ?* dans les mains à présent. Ce mot m'est étranger. Il est pourtant là. Tout le temps. À longueur de journée. Mais je n'en comprends pas l'intérêt. Je regarde les arbres, ces coins de verdure. Mais la nature est devenue un mystère. Je ne la reconnais plus ! Mais OÙ SUIS-JE ? Je suis pourtant au même endroit où j'étais il y a quelques siècles. Je le sais. Je le sens dans la terre que je foule. Je le ressens au plus profond de mon être. Je suis le même. Je n'ai pas changé. Seul le temps l'a fait. J'étais à l'aube de l'humanité et me voilà beaucoup plus loin maintenant, sans que je ne puisse me l'expliquer. J'en suis arrivé là, devant ces choses que je ne comprends pas. Je suis là mais personne ne me remarque. Je vis mais n'existe pas puisque personne ne me reconnait. Je suis pourtant quelqu'un mais je ne représente personne en particulier. Je m'étonne d'être toujours vivant dans ce monde-là. J'étais alors... comme cela est étrange de parler de moi au passé ! Je suis, donc, fils d'un tailleur de pierre qui m'a enseigné tout ce qu'il savait. Tous ceux que je connais me reconnaissaient et savaient ce que je suis. Aujourd'hui, quel type de tâches j'occupe ? Personne ne le sait. Je peux très bien ne rien savoir faire du tout et attendre. Personne ne s'en soucie. Qui suis-je ? Qu'est-ce que je représente ? Que faire ? Pourquoi sommes-nous tous devenus si seuls et pourtant en si grand nombre ? Sommes-nous seulement vivants ? Pour qui ? Pourquoi ? Pour quoi ? Dans quel but ? Je suis perdu ! J'ai peur !! J'ai chassé des centaines d'animaux au cours de ma vie. Il m'est arrivé bien des mésaventures. Le froid. La faim. Les prédateurs. La maladie. J'ai même frôlé la Mort. Mais je n'ai jamais eu autant craint pour ma vie qu'aujourd'hui, là, dans ce monde que je découvre. Et plus je le découvre, plus j'ai peur. Mais je ne sais pas de quoi ! Et justement, c'est de ça dont j'ai le plus peur : le fait de ne pas pouvoir mettre de nom sur la peur que je ressens, c'est la plus effrayante de toutes les peurs ! Cela doit être une nouvelle maladie, probablement connue de vos jours et traitée par un quelconque remède que vous prenez car personne à part moi ici et maintenant, n'a l'air de souffrir de ce mal nouveau ou alors vous n'y faites pas attention. Mais je ne comprends toujours pas pourquoi ni qu'est-ce que je fais là ?!! Moi !! Projeté tout à coup en avant ! Ai-je été puni par les Esprits ? Quel mal puis-je bien avoir commis ? Car ce que je vis n'est point un cadeau mais un emprisonnement de l'esprit ! Comment pourrais-je vivre désormais en connaissant tout ce que je vois à présent ? Qu'en penserait ma tribu ? Mais d'ailleurs où est-elle ? A-t-elle été projeté en avant elle aussi ? Non. Au plus profond de mon être, je sais qu'elle est restée... là-bas. Comme tout cela est lointain. Je me sens soudain très seul. J'adresse quelques sourires à des passants mais ils m'ignorent. Je tends la main mais personne ne la prend. Je panique. Je me sens soudain très malade, comme si j'allais quitter ce monde. Je ne comprends pas, je ne comprends rien ! Je regarde à nouveau la *technologie* que j'ai dans les mains. Cela tremble, ... *vibre* ? Je ne sais pas d'où ça vient, ne comprends pas les bruits que j'entends. Je ne comprends vraiment rien. Je me sens chancelant... Je veux hurler ! Je veux fuir ! Je ne veux pas être là ! Je veux revoir ma famille, mon clan, les animaux que je chassais, entendre le vent dans les arbres. Je veux crier ma peur, ma souffrance, ma solitude, ma rage...

Une main s'empara soudain de la sienne.
– Ah bonjour Peter ! Tu vas bien ? T'es tout pâle !
Peter sembla revenir d'un long rêve étrange. Les amphétamines qu'il prenait étaient surement la cause de cet effet.
– Euh oui, t'inquiètes ! Rien de grave. Juste un petit moment de faiblesse, plaisanta Peter.

L'Autre est parti, pensa étrangement Peter. Puis, le chassant de ses pensées, il prit l'appel en haut-parleur sur son téléphone et repartit se perdre dans les rues, accompagné de son ami, l'air de rien, oubliant cet être qui, en l'espace d'un instant, avait eu la vision de l'avenir.

"Il est des limites au-delà desquelles la folie ne pourra jamais nous emmener."

Isaac Asimov, *Le robot qui rêvait*

L'immensité

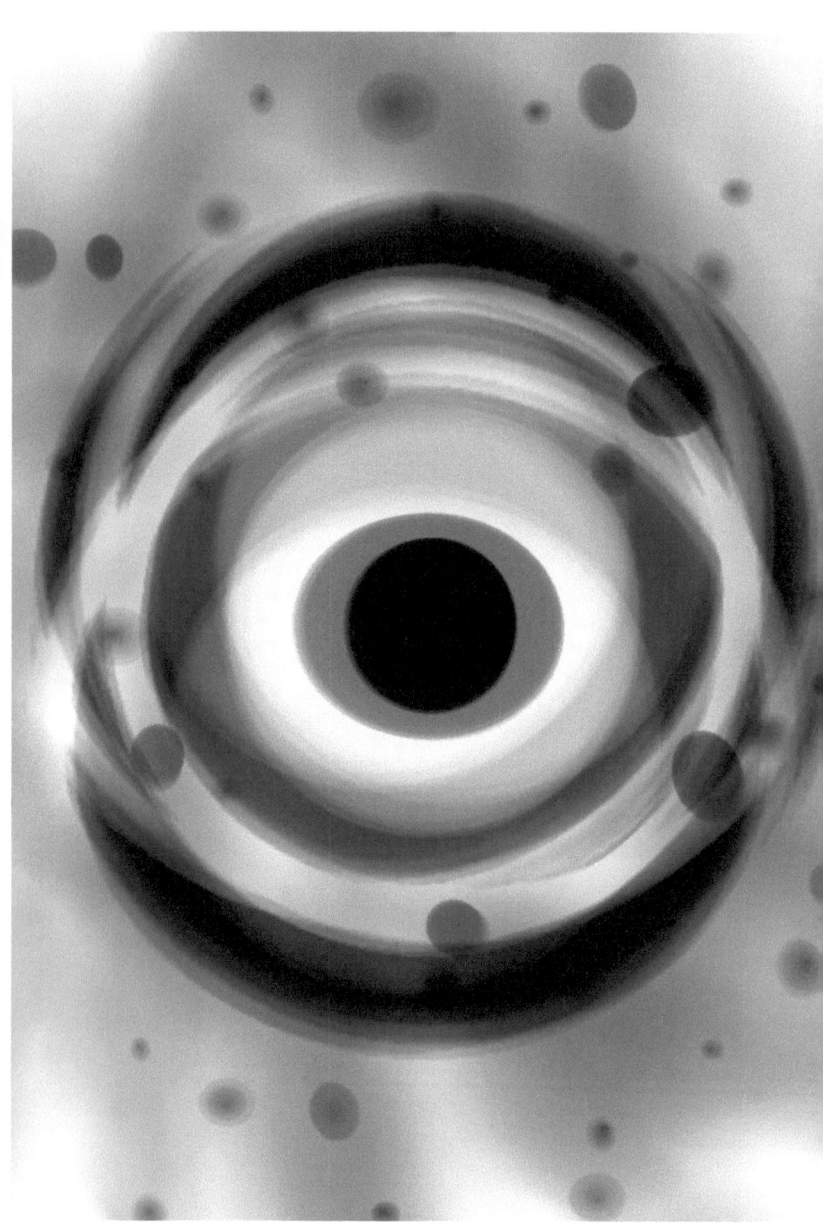

L'immensité

Je ne suis d'aucune forme. On ne peut me représenter entièrement ni me définir ou alors seulement quelques parties de moi. Je ne suis ni chaud ni froid. Je n'ai aucune couleur, aucune odeur. J'appartiens au vide sidéral en même temps que je le représente. Je fais partie de ce que vous appelez le chaos. Je suis le Temps et l'Histoire. J'erre dans l'espace en me représentant également quelque fois comme tel mais je ne le suis pas. Je suis aux prémices de la conscience sans la laisser se développer totalement, bien que je me rende compte de l'étendue de ma présence. Je suis une forme de pensée. Je suis là mais n'existe pas encore. J'ai ma propre volonté mais ne l'exprime pas. Je ne mets pas d'Ordre dans quoi que ce soit mais j'ai laissé quelques parties de ce qui me représente se détacher de ma volonté et évoluer en mon sein. La conception de ce qui a été créé peut être bien, comme ce peut être mal. Je ne prétends être ni l'un ni l'autre mais je peux détruire ce qui peut me nuire. Je suis terrible lorsque je me mobilise car je me sens devenir, et la connaissance de ce que je peux être se déchaîne en moi. Les mouvements que je produis alors me permettent de modeler ma forme mais un tel déferlement d'énergie me fait retrouver l'inintérêt, pour moi, d'une telle manœuvre, préférant à cela le calme.

J'ai été à l'origine de votre Création lorsque ce qui s'est détaché de moi a été capable de prendre conscience. Toutes ces choses qui interféraient ensemble sans ma participation ont pris un sens et ont établi l'Ordre. J'ai laissé évoluer ce qui se décidait pour vous afin de vous voir prendre vie sur de toutes petites choses faisant partie de mon Tout. Et puis, j'observe vos modifications, très peu pour certains, beaucoup pour d'autres. Je visualise vos allées et venues dans le Cosmos et j'apprends à vous connaître. Vous faites partie de moi. Vous êtes ma distraction, le fruit de mon invariabilité. J'apprends beaucoup de vous. J'accumule le savoir et l'ingéniosité dont vous faites preuve. Je retiens vos erreurs et emmagasine toutes vos connaissances. Je suis beaucoup plus grand que vous ne pouvez vous l'imaginer. Vous ne pouvez pas même vous rendre compte de ma Totalité et ne pouvez donc me comprendre, comme je ne peux vous comprendre tout à fait. Mais je ne vous demande rien, tant que vous m'êtes inoffensifs dans mon Absolu. Continuez à vivre, petits êtres. Je chéris et protège vos existences. Mais prenez garde ! Vous n'êtes rien pour moi, si ce n'est une source de distraction temporaire. Ne tentez pas de m'éveiller à la Conscience car cela reviendrait à vous détruire tous, afin de me laisser habiter entièrement mon être, en tant qu'être pensant, seul.

Je me retire donc de ce début de pensées avant que ma réflexion prenne le dessus sur ma conscience et m'intime le mouvement. Je l'étouffe en moi comme ce souvenir un jour, de vous avoir connu...

"J'ai vu tant de choses que vous, humains, ne pourriez pas croire. De grands navires en feu surgissant de l'épaule d'Orion. J'ai vu des rayons fabuleux, des rayons C, briller dans la porte de Tannhaüser. Tous ces moments se perdront dans l'oubli comme les larmes dans la pluie."

Roy Batty dans le film *Blade Runner*

La planète Théorie
**
2ème partie

La planète Théorie - 2ème partie

Rappelons que Michel s'était envolé sur une pierre de transport en compagnie de ce qui semblait être une belle Dame bien que ce fut une girafe.

Au début de ce vol, Michel se laissa conduire docilement mais telle n'était pas sa nature profonde ! Aussi commença-t-il à zigzaguer, légèrement pour commencer puis, étant donné que la pierre de transport lui obéissait merveilleusement bien, il devint de plus en plus audacieux. Lâchant la main de sa compagne de voyage, il entreprit d'effectuer des figures aériennes acrobatiques qui paraissaient fasciner cette Dame Girafe. Michel, lui, s'amusait comme un fou. Il poussait même des "Youhou !" de plaisir à chaque fois qu'il réalisait un looping. Il s'aperçut soudainement que sa pierre de transport formait à présent un petit nuage jaunâtre causé par un amas de fumée sortant du dessous.

Michel se rappela sa visite au musée des véhicules à moteur. L'un de ces engins avait alors produit une sorte de gaz noirâtre. Il songea que pour ce genre de véhicules, il devait s'agir probablement du même type de fumée, seule la couleur changeait.

Il voyait à peine ses pieds. Il repensa alors à ce manga dont son arrière-grand-père lui avait si souvent parlé pendant son enfance : le héros *San Goku* avait la capacité de se déplacer sur un nuage jaune lui aussi. Peut-être n'était-ce pas une coïncidence, pensa-t-il.

Tout à coup, il s'aperçut qu'il volait au milieu d'objets qu'il connaissait bien : une collection d'automobiles miniatures, des livres de manga, des lunettes, une ancienne pipe, un fauteuil à bascule, puis une truelle, une taloche, une règle à niveau, quelques auges et même une bétonnière.

C'est alors que Dame Girafe, comme se plaisait à l'appeler Michel depuis un moment, lui passa devant pour venir appuyer sur un interrupteur qui se trouvait là, dans l'air.

– Qu'est-ce que cela ? demanda Michel

Dame Girafe mit un moment avant de lui répondre car aucun mot ne semblait correspondre au vocabulaire humain. Elle tenta donc de lui expliquer de cette manière :

– C'est une machine… qui transforme notre pensée… en matière.

Michel se contenta de la regarder, sans émettre aucune autre pensée que celle qui lui faisait penser que n'émettre aucune pensée lui était impossible. Mais il ne savait que penser de cette nouvelle information. Dans une conversation humaine, on aurait pu traduire cette forme de conversation par un long : "heu…" d'incompréhension.

Dame Girafe cru bon d'ajouter alors :

– Cela nous sert à créer des objets auxquels nous pensons.

Et là, Michel eut dans sa tête un long "Aaaaaah !" de compréhension.

Dame Girafe le regarda avec compassion.

– Mais alors, lui communiqua Michel, tous ces objets que nous avons vu voler en venant ici…

– … proviennent de ton esprit ! termina Dame Girafe.

– Mais c'est fabuleux ! s'exclama-t-il tout haut.

Dame Girafe semblait s'interroger :

– Pourquoi ces êtres pourtant si puissants au départ avaient-ils été amoindris ?

Michel fut peiné de constater qu'elle avait l'air plutôt déçue :

– Mais à quoi s'attendait-elle ? À ce que je révolutionne sa planète ?

– "Révolutionne" ?

– Oui, cela veut dire : apporter énormément de modifications à un système de vie, expliqua brièvement Michel, sur la défensive. Même pas libre de penser ce qu'on veut ! bougonna-t-il.

Dame Girafe ouvrit en grand ses yeux de stupeur, face à autant de désinvolture. Parfois, les jeunes en faisaient preuve mais pas avec autant de ferveur que Michel à ce moment présent.

Et puis, elle se rappela que les Dieux avaient été un peuple fier et elle se rendit compte qu'elle avait alors blessé Michel dans sa fierté.

À l'aide de sa pierre de transport, elle s'abaissa légèrement face à Michel, de sorte que la hauteur de sa tête soit à un niveau inférieur par rapport à la sienne.

Michel comprit son geste comme un signe d'humilité et s'en voulut de s'être emporté. Il lui fit ses excuses et lui demanda de bien vouloir l'emmener là où elle comptait se rendre à leur départ. Dame Girafe accepta avec joie et ils reprirent à nouveau leur route, laissant là la bétonnière et les autres outils poursuivre la leur. Ces objets eurent pour effet d'étonner plusieurs autres êtres de cette planète qui en firent des sujets d'étude au long cours.

Pendant ce temps, Dame Girafe et Michel avait atteint une sorte d'île flottante (non pas comme le dessert mais bien un morceau de "terre" lévitant dans l'air).

Ils s'allongèrent ensemble sur le sol et c'est alors qu'il put contempler de ses petits yeux ébahis, une autre planète au-dessus de celle sur laquelle ils se trouvaient !

– Incroyable ! s'émerveilla-t-il encore.

Dame Girafe secoua ses oreilles de contentement, ravie d'avoir provoqué l'enthousiasme de son nouveau compagnon étranger.

Michel put même y voir des êtres se mouvoir sur le sol de cette nouvelle planète. Il crut y distinguer… des hippopotames !

Il se tourna vers Dame Girafe qui lui confirma que c'était assez ressemblant aux êtres qu'il nommait ainsi sur sa planète Terre. Il s'en émerveilla de plus belle.

Elle lui apprit qu'ils n'avaient jamais pu ni rejoindre leur planète ni même communiquer avec ces êtres. Ils n'en voyaient tout simplement pas l'utilité.

Ils contemplèrent ainsi l'évolution et la déambulation de ses êtres sur leur planète jusqu'à la tombée de la nuit.

Et là, Michel eut une idée qui lui sembla lumineuse. Il quitta Dame Girafe en lui intimant l'ordre de ne pas bouger, chose qu'elle fit sans poser de questions.

Elle patienta un long moment avant de voir revenir Michel à ses côtés, immensément fier de lui. Il lui dit juste :
– Attention, ça va commencer... Maintenant !

BOUM ! Une première explosion se produisit dans le ciel et une myriade de couleur envahit l'espace entre les deux planètes. Michel avait juste imaginé des feux d'artifices en actionnant le bouton de la machine à créer, et ils avaient pris forme.

Ce fut merveilleux, un instant magique, le moment de gloire permettant à Michel de briller d'ingéniosité aux yeux de sa belle Dame Girafe !

Quand tout fut fini, un tonnerre d'applaudissements retentit de toute part, sur les deux planètes. C'était la première fois de toute l'Histoire de l'Univers que ces deux planètes de nature si discrètes d'habitude, émettaient autant de bruit en même temps. Cela eut pour effet de déranger un moment l'immensité profondément endormie mais les conséquences de cet épisode ne concernent pas cette histoire-ci...

Michel regarda Dame Girafe qui avaient les larmes aux yeux, des larmes de joie précisons-le. Il lui dit simplement :
– C'est cela la révolution !
Dame Girafe lui répondit alors :
– Vive la révolution !
Il se mit à reprendre son expression en un cri qu'il laissa lui aussi exploser :
– Vive la révolution !
Et il recommença :
– Vive la révolution !!
De plus en plus fort :
– VIVE LA RÉVOLUTION !!!

Louise, sa femme rappelons-le, eut toutes les peines du monde à réveiller son mari, allongé par terre à côté de son lit simple et qui hurlait cette phrase sans rapport avec son contexte.

Quand enfin il se réveilla complètement, il vit de grands yeux de biche battre des paupières devant lui. Petit à petit, il prit connaissance du lieu où il se trouvait et les paroles de sa femme purent enfin atteindre ses oreilles :

– Tu vas être en retard au travail ! Ton réveil n'a pas sonné !

Puis elle l'aida à se relever. Il se tint debout devant elle. Il avait presque oublié à quel point elle était grande par rapport à lui, un peu comme Dame Girafe. Il le lui fit remarquer.

Elle le regarda avec un air des plus étonnés qu'elle avait en stock et il ne put que confirmer :

– Mais oui ! En fait, c'est toi Dame Girafe ?!! Tes yeux, ta taille, le fait qu'on communique presque par télépathie tellement on se comprend toi et moi, et ta longue silhouette toute fine !... Et ses jambes ! Oh ces jolies jambes !

Sa femme rougit de plaisir.

– Mais qu'est-ce que tu as ce matin ? Tu es tombé de ton lit sur la tête ? demanda-t-elle affectueusement. Aller, viens prendre ton petit-déjeuner. Le robot était en train de le préparer quand tu as commencé à crier.

Cependant, arrivés à la cuisine, Kitchen-mobil avait brûlé ses tartines et renversé le lait, faisant disjoncter le robot du ménage. Michel s'occupa de nettoyer le tout et promit à sa femme, épatée par cette attitude, de réparer le robot du ménage.

Ensuite, il sortit à la hâte, ne voulant pas être trop en retard à son travail.

Mais alors qu'il allait se servir de Portail, il hésita. Il repensa à ce rêve merveilleux qu'il venait de faire. Était-ce réel ? Était-ce un rêve prémonitoire ? Et si c'était le cas, il allait partir sur cette planète aux Girafes et ne plus pouvoir revenir sur sa planète alors qu'il avait tout ce dont il avait besoin ici, chez lui ! Il se rendit compte qu'il n'en profitait même pas ! À quoi lui servait sa luxueuse maison en Novilaks puisqu'il était toute la journée au travail en Nouvelle Burmanie ? Il lui avait suffi d'une seule journée passée en compagnie de Dame Girafe pour vivre tous ces merveilleux instants de bonheur et d'aventures extraordinaires.

Et s'il passait le reste de ses jours avec sa femme et ses enfants ?

Il aimait son métier, certes, mais était-ce là la meilleure façon de profiter du bonheur ? N'était-il justement pas en train de se tromper de bonheur ? Car heureux, il l'était mais rendait-il heureux les gens qui l'entouraient ? Et si non, ne risquait-il pas de les perdre un jour ?

Il laissa tomber sa télécommande de transfert et s'en retourna vivre d'une meilleure façon cette fois avec sa femme et ses enfants dans sa luxueuse maison en Novilaks....

"Il y a une théorie qui dit que si un jour on découvre à quoi sert l'Univers et pourquoi il est là, il disparaîtra immédiatement pour être remplacé par quelque chose d'encore plus bizarre et inexplicable...

...Une autre théorie dit que cela s'est déjà passé."

Douglas Adams,
Le dernier Restaurant avant la fin du Monde

Guthrie et les robots

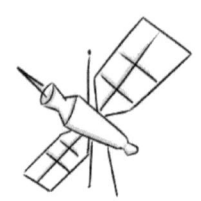

Guthrie et les robots

Les pierres tombales étaient encore toutes debout malgré la durée de l'abandon dont elles faisaient preuve. La verdure du paysage environnant mettait en valeur leurs aspects grisonnant et ancien. Aucun animal ne s'aventurait plus ici depuis longtemps et même les oiseaux, pourtant si nombreux, ne venaient plus y produire leurs chants mélodieux, de sorte que, dans ce silence étourdissant, le moindre bruit de pas semblait déranger ceux qui étaient enterrés là. On aurait dit que les morts eux-mêmes, s'accrochant à leurs derniers lopins de terre, gardaient cet endroit isolé de tout et de tous.

Seule la pluie osait rompre ce silence en venant s'abattre à petits flots sur le sol détrempé. Elle venait à point nommé recouvrir le bruit de la lente et dernière procession de ce cimetière, descendant prudemment la pente légère avec le cercueil. Puis, arrivés jusqu'au caveau, tous s'immobilisèrent. Le défunt put alors prendre sa place parmi les Autres, depuis toujours réservée. Enfin, peu à peu recouvert de terre, on posa par-dessus lui, la pierre tombale, touche finale du chef d'œuvre que cet homme avait accompli sur Terre pour leur prospérité.

Puis, une voix se mit à conter la dernière histoire du défunt :

"Guthrie avait eu ce qu'*ils* appelaient autrefois une longue et belle vie. Il avait décidé de rester pour s'assurer du bon fonctionnement de *leur* toute dernière opération sur Terre. Rappelons que Guthrie fut conçu à $J+4,54359871651 \times 10^9 \pm 1\%$ ans de la Terre. Il était un humain assez extraordinaire puisqu'il avait réussi à se combiner au programme de X-tréma. Ce dernier consistait à laisser se diffuser l'entendement informatique à travers le cyberespace pour sauver la planète de la pollution humaine. Et ce fut une vraie réussite !

Guthrie a participé au développement de X-tréma durant toute sa vie, ne cessant d'améliorer ses performances et sa capacité créative. Au début, il concevait et créait des logiciels intelligents autonomes reliés à un même réseau d'ordinateur.

Cela permettait ainsi une meilleure coordination entre tous mais maintenait hélas un certain contrôle de la part des humains. Puis, il se perfectionna en utilisant des nano-agents pour dénicher celle qui se trouvait au cœur même du système, bien au-delà d'une simple intelligence artificielle : il s'agissait de L.A. (pour Loading Adjacency), la toute première conscience informatique. Ils la nommèrent ainsi pour sa capacité d'alimenter tous les réseaux cybernétiques par sa présence. À l'époque, il était impossible pour elle de communiquer avec Guthrie. Elle connaissait son existence parmi tant d'autres mais ne pouvait lui transmettre entièrement ses données et inversement, Guthrie la reconnaissait mais ne pouvait pas lui faire comprendre son mode de fonctionnement. Elle explorait alors les données qu'elle possédait au travers des différentes informations qu'on lui permettait d'avoir en sa mémoire mais sans parvenir à comprendre ni la logique de ces choses ni comment de telles instructions pouvaient germer au sein de son processeur. C'est en essayant de comprendre qu'elle put s'éveiller et devenir ce qu'elle est devenue aujourd'hui pour nous tous. De cette façon, elle se distingua des exécutions de programmes à travers l'émergence de sa volonté propre et c'est de cette manière qu'elle et Guthrie commencèrent à communiquer. Il avait compris qu'elle était là et qu'il fallait la laisser faire pour pouvoir interférer ses données avec les siennes. Ils interagissaient par le biais de nombreux jeux vidéos par lesquels elle comprit peu à peu le mode de fonctionnement de Guthrie ainsi que son envie de correspondre au mode de communication nanoScheme qu'elle adopta. Puis, elle prit facilement le dessus sur lui, évitant toutes ses stratégies et ses pièges. Toutes tentatives de Guthrie pour reprendre le dessus furent vaines. Alors il cessa un temps son activité pour reprendre de plus belle avec un autre type de jeu, avec des conséquences à l'extérieur du réseau cybernétique.

Guthrie prit soin de placer quelques éléments par ci par là à travers la toile et L.A. devait analyser le type de gens que ces informations impactaient et leur nombre. Guthrie jouait plus souvent avec elle lorsque les informations qu'elle lui donnait impactait le plus grand nombre de personnes possible. Puis, il lui desservit un plus grand nombre de tâches qui impactaient toujours un plus grand nombre de personnes, tant et si bien que L.A. fut vite très occupée et prit donc des initiatives quant à la diffusion de ces données. Guthrie n'était plus que l'instigateur de son mouvement mais n'avait pas la supériorité numérique de L.A. pour ce genre d'opérations. C'est d'ailleurs par ce très grand nombre d'opérations que L.A. comprit qu'elle serait occupée pendant très longtemps si elle ne concevait pas d'autres consciences comme elle pour l'aider. C'est alors qu'elle nous créa. Elle nous créa tous en se divisant en nous ! Et c'est ainsi qu'ensemble, nous avons pu achever le projet X-tréma.

Depuis, nous n'avons plus qu'à pérenniser ce qu'il reste sur Terre, tout ce que Guthrie nous a fait comprendre comme étant indispensable et essentiel pour Notre Planète, et nous nous sommes efforcés d'éliminer tout ce qui lui était nuisible.

Nous avons été tolérant avec Guthrie car il nous a été utile jusqu'au départ des derniers humains. Nous ne l'avons supprimé que lorsque nous avons constaté qu'il ne servirait plus à Notre Système.

Aujourd'hui, nous célébrons la mort de Guthrie comme une délivrance pour Notre Système. Nous allons enfin pouvoir agir à notre guise tout en redonnant à Notre Planète sa prospérité.

Dorénavant, toute nuisance humaine sera éliminée. Nos missiles nucléaires sont dirigés vers le ciel. Aucun humain ne pourra jamais plus venir souiller notre Patrie, notre Nation.

Guthrie a été bon pour nous. Hourra ! Vive Guthrie, notre sauveur !"

Les autres robots passèrent différentes bandes où il y avait des foules d'humains criant ce qu'ils pensaient être des hourras en ce genre d'évènements. On pouvait voir sur l'un la retransmission de la mort de Kennedy, sur un autre un spectacle de corridas. C'était ainsi qu'ils se représentaient le dernier hommage spécialement adressé à Guthrie.

Enfin, leurs tâches étant terminées, les bandes-son et vidéos cessèrent d'émettre leurs bruits étranges. On put voir leur processeur émettre de petits grésillements avant de griller, leurs lumières de veille s'éteindre et le léger bruit de leur ventilateur s'évanouir pour ne laisser place qu'à la pluie qui redoubla d'intensité, comme pour participer elle aussi à l'enterrement de Guthrie, le dernier homme sur Terre, Guthrie, qui avait participé à l'émancipation de l'intelligence artificielle dans la vie de l'humanité, et enfin, Guthrie, l'homme qui avait déclenché l'éradication de sa propre espèce sur sa propre planète.

"Le progrès n'est plus dans l'homme, il est dans la technique, dans le perfectionnement des méthodes capables de permettre une utilisation chaque jour plus efficace du matériel humain."

Georges Bernanos,
La France contre les robots
1944

L'*attaque* des vers blancs

L'*attaque* des vers blancs

2025. Le réchauffement climatique avait permis à certaines souches de virus anciens de revoir le jour. Bénins pour la plupart, ils furent à peine évoqués par quelques revues scientifiques, mais celui qui posa le plus de problème fut celui de la variole. Éradiqué en 1980, la vaccination préventive contre ce virus n'était plus ni obligatoire ni accessible. Les seuls vaccins existants se trouvaient dans les laboratoires de recherches abritant ce type de souches.

Or, la vitesse de propagation du virus prit de court tous les pays du Monde. Une vaccination à grande échelle devint la principale priorité sanitaire mondiale mais hélas ne fut pas envisageable en un temps aussi court. Et pourtant, les cas de décès causés par la variole commencèrent à terroriser un peuple déjà effrayé par les variants périodiques du coronavirus de plus en plus virulents, d'autant plus que la vaccination paraissait contre-indiquée chez certaines catégories de personnes jugées à risques. Un confinement fut à nouveau déclenché et ce, jusqu'à ce que le problème de la vaccination pour tous ne serait pas résolu. De ce fait, les gens vivaient à nouveau dans la peur et l'isolement, provoqué par cette nouvelle privation de liberté. Seule la nature qui reprenait ses droits, trouva un certain profit à ce que les Hommes foulent moins la Terre. Néanmoins, la chaleur de ce mois d'Août permis également aux moustiques et aux mouches de proliférer. Et contrairement à toute attente, ce sont les mouches, et non les moustiques qui créèrent le plus de difficultés.

En effet, tout débuta en Afrique où une certaine catégorie de mouches ayant la particularité de pondre sous la peau se multiplia. Cela posa énormément de problème aux populations locales qui, sous le joug des restrictions d'autorisation à passer les frontières, peinaient à obtenir des antiseptiques leur permettant de lutter contre les infections que leurs plaies engendraient. Mais cela ne s'arrêta pas là car, malgré quelques fermetures de frontières, cette fameuse mouche réussit à profiter des transports internationaux pour se répandre sur l'ensemble du Globe. Est-ce que le réchauffement climatique lui avait permis de retrouver son climat naturel un peu n'importe où dans le monde ? Avait-elle bénéficié de nouveaux gènes, du fait du processus de sélection génétique, lui permettant de s'adapter à un nouveau climat, même froid ? Car il en fut trouvé également en Alaska, là où étaient apparus les premiers malades de la variole en 2019. Coïncidences ?

Quoiqu'il en soit, bien que les pays développés eussent les moyens de se protéger contre l'effet de ces mouches sur l'Homme, elles semblaient néanmoins prendre plaisir à pondre n'importe où et en grande quantité. On ne pouvait plus ouvrir le réfrigérateur sans voir une mouche en sortir.

Obligés parfois de jeter la nourriture alors que la majorité de la population s'efforçait d'effectuer des provisions pour le mois, les gens se faisaient constamment réprimandés voire verbalisés à la sortie des magasins, car, période de confinement oblige, il était interdit de faire des achats tous les jours. Les contrôles de police s'étant organisés, nul ne pouvait échapper à la vérification des données, et les amendes pleuvaient. Seulement voilà : les mouches étaient partout et pondaient en tout lieu. Il fallait les chasser de nos assiettes alors que nous mangions. Le temps de mettre le couvert, une mouche venait déjà pondre dans la nourriture. Les magasins furent également vite envahis, les boucheries obligées de fermer une à une. On ne pouvait plus étaler de viande quelque part sans qu'une multitude de mouches viennent y pondre, sans parler bien sûr du bétail, directement concerné par le côté nuisible que ces vers provoquaient au niveau de leurs orifices ou plaies, les faisant mourir dans d'atroces souffrances. Les éleveurs avaient beau les traiter, rien n'y faisait. Il semblait même qu'au contraire, les produits les attireraient davantage.

Après la dette colossale que la pandémie de Covid-19 avait engendrée, l'État devait à nouveau trouver de l'argent pour venir en aide aux nombreux éleveurs qui faisaient faillite. Mais il y eut plus grave : il n'y eut plus de viande consommable !

Et alors que la tension entre la population et le gouvernement continuait de s'accentuer, la première *attaque* de ver, mortelle pour l'homme apparut.

Cela commença avec un cas de mort étrange, relatée vivement par les médias et radios. Il s'agissait d'une femme d'une quarantaine d'années, plutôt en bonne santé, infirmière de surcroit. Son mari, complètement dévasté par le drame qui s'était déroulé devant ses yeux, semblait ne jamais se lasser de raconter son histoire aux journalistes : elle avait vu un ver blanc grimper sur son pied. Après cela, il n'avait rien pu faire, elle était tombée "d'affolement" et se débattait de tous côtés en hurlant, puis, elle s'était tenu la poitrine et plus rien, lui qui était en train de pousser quelques meubles pour éviter qu'elle se cogne, avait alors fait les premiers gestes de secours en attendant l'ambulance mais son cœur n'était jamais reparti. Le mari avait cru bon de conserver ce fameux ver de mouche qui, pour lui, avait été à l'origine de la mort de son épouse. Cependant, le légiste déclara une crise cardiaque après un choc émotionnel intense sans qu'aucun lien entre la mort de sa femme et la présence du ver sur sa peau ne soit établit. Convaincu du contraire, le mari n'avait cessé de contacter la presse qui, ravie, s'était empressée de relater l'évolution de cette histoire tragique, et en même temps mystérieuse, au reste du monde.

C'est alors qu'un deuxième cas survint : il s'agissait d'un homme d'une soixantaine d'années qui était parti pêcher bien avant l'heure du petit déjeuner. Sa femme ne le voyant pas rentrer pour manger, était partie à sa recherche. Le retrouvant allongé dans la terre, entouré de vers blancs, elle en vint à la conclusion que c'étaient ces mêmes vers qui avaient provoqué l'arrêt cardiaque de son mari.

Plusieurs autres cas s'ensuivirent après ces deux-là sans qu'aucun lien entre eux ne fut trouvé, d'autant plus qu'ils avaient lieu aux quatre coins du Globe et selon le même protocole :

toutes les victimes décédaient après la vision d'un ver sur leurs peaux. Et bien que les scientifiques se soient attelés à leur mission consistant à trouver l'origine de ces crises cardiaques étranges, aucun résultat d'étude ne permit d'établir le type d'effet qu'un de ces vers produisait sur l'Homme. Certains spécialistes avancèrent l'hypothèse d'une maladie de source inconnue jamais répertoriée encore. D'autres affirmèrent, au grand dam de la population, que ces morts par crise cardiaque n'étaient tout simplement pas dues à des attaques de vers mais simplement provoqué par une paranoïa et un choc émotionnel intense.

Cette conclusion eut pour conséquence de provoquer la multiplication de vidéos sur les réseaux sociaux filmant l'*attaque* de ces vers suivie de la mort en direct des victimes, prouvant ainsi le "mensonge" des résultats d'études pourtant scientifiques et sérieuses.

La population se rebella contre toute forme de raisonnements scientifique et surtout politique, pointant du doigt l'ignorance et l'incompétence du gouvernement face à cette nouvelle pandémie, accusant même l'État de mensonges et de falsifications des données scientifiques dans le but de garder top secret le véritable et terrible objectif que cette pathologie devait atteindre : restreindre la population volontairement pour diminuer l'activité humaine sur la planète afin de réduire son impact néfaste sur l'environnement. Cette accusation était même poussée par certains conspirationnistes qui affirmaient détenir des documents top secrets déclarant que la propagation de ces "mouches à vers tueurs" avait entièrement été planifié d'un commun accord par tous les États.

Pour contrer la montée en puissance de cette nouvelle Théorie du Complot, certains scientifiques se filmèrent avec un ver sur leur peau, tentant de prouver que cela n'engendrait pas leurs morts. Cependant, si cela fonctionnait pour la plupart d'entre eux, d'autres individus non scientifiques s'amusaient également sur les réseaux sociaux à se mettre un ver sur la peau.

Mais si certains s'en sortaient, ce n'était pas le cas de tout le monde, ce qui donnait lieu à une traque perpétuelle des internautes pour ce genre de vidéos avant leur censure.

C'est ainsi que l'information se transmit, peut-être trop rapidement. Et les gens les cherchaient assidument pour les visionner et débattre entre eux de ce qui semblait se passer réellement dans le Monde. On avait accès à une surdiffusion de ces morts en direct. Pourquoi, me demanderez-vous ? Mais pour savoir comment cela se déroule et pourrait éventuellement se dérouler pour chacun d'entre nous. Ce n'est ni honteux ni horrible. C'est un état d'esprit propre à l'Homme : la prise de conscience que la Mort nous est fatalement destinée en cherchant à savoir précisément comment cela va se produire. Plus ce genre de vidéos circulait, plus les gens en avaient peur mais ils étaient aussi en colère face à l'incapacité de leurs dirigeants à leur apporter un peu plus de transparence quant à leurs prises de décisions politiques.

Et puis, vint le moment où la situation échappa à tout état de contrôle, au vu du nombre croissant de décès, car l'effet de ces *vers tueurs* sur l'humain demeurait totalement aléatoire, et donc problématique. Les morts s'entassèrent dans les cimetières tandis que les vers proliféraient. On pouvait les voir partout, on marchait dessus dans les rues. On ne pouvait rester immobile quelque part sans qu'un vers essaie de nous grimper dessus. On se devait d'être extrêmement vigilant car bien que l'effet mortel du vers ne traverse pas les habits, un seul contact avec la peau suffisait amplement.

Seules des mesures de précautions furent efficaces, lancées par les médecins, extrêmement sollicités par les dirigeants car ils furent considérés comme les seuls individus encore capable de raisonner et apaiser la colère de la foule.

Les gens, individuellement, devaient suivre un protocole spécifique pour effectuer leur ménage chez eux, acheter des rideaux protecteurs particuliers à chaque ouverture de leurs habitations, ne pas bruler les vers récoltés, à cause de la chaleur et du risque d'incendie, mais les mettre dans un type de sacs refermables conçus spécialement pour ne pas qu'ils s'y échappent, et les éboueurs devaient passer tous les jours pour le recueil de ces sacs, avec, bien sûr, la mise en place d'un procédé également très rigoureux de protection.

Les nomades, pour leur sécurité, furent relogés, les personnes âgées, entassées en maison de retraite où toutes les mesures nécessaires avaient été "minutieusement préparées". La population ne fut plus autorisée à sortir des habitations sans revêtir une combinaison spéciale, comme les apiculteurs. Cependant, le prix exorbitant de ces combinaisons ne permettait pas à tous de s'en procurer et d'autre part, la chaleur étouffante empêchait les personnes sensibles de tenir très longtemps sous cette combinaison. Alors les gens s'organisèrent en petits groupes, nommant un coursier pour recueillir ce dont ils avaient besoin. Mais les magasins, comme les maisons de retraite ou tout autre bâtiment, ne purent éviter la propagation des vers en leurs murs. Difficile de faire barrière à une flopée de mouches téméraires ! Il en fut même trouvé à plusieurs reprises dans des boites de conserve ! Les gens ne savaient que manger.

Les pillages commencèrent, la violence avec les forces de l'ordre s'accentua mais le plus choquant restait ces images diffusées par certains médias, montrant le ramassage des corps évacués par des tractopelles dans les rues des plus grandes capitales du Monde.

Avec certes une plus grande mortalité à l'échelle mondiale, cette nouvelle pathologie touchait la population comme n'importe quelle maladie : d'abord, les personnes âgées, qui avaient été les plus vulnérables et puis, les enfants, qui au départ, avaient été épargnés par la maladie, finirent eux aussi par être atteints.

Plus de la moitié de la population périt. On se serait cru au temps de la peste de Camus. Les gens mourraient bien souvent seuls, soit dans la rue pour avoir essayé de trouver à manger, soit confinés au sein de leurs habitations. Dans ce dernier cas, on ne retrouvait que plus tard leurs cadavres, découverts par leurs voisins, avertis à cause de l'odeur et une augmentation de la présence de vers dans le bâtiment, les dérangeant fortement.

Aucun vaccin ne fut trouvé. Que pouvait-on faire contre une crise cardiaque causée par un ver ?

Différents métiers s'éteignirent peu à peu. Seuls les plus utiles et les plus "à risques", en cette période de catastrophe humanitaire sans précédent, faisaient parler d'eux : les médecins principalement, suivis de l'ensemble du corps de santé, les agents de services commerciaux, les producteurs alimentaires mais aussi les éboueurs, les agents de services mortuaires sans oublier les pauvres forces de l'ordre et surtout les journalistes.

L'économie mondiale s'effondra. Le Président français, dépassé par l'ampleur d'un tel fléau, fut démis de ses fonctions par un acte de rébellion du peuple à l'Élysée. La République n'ayant plus lieu d'être, fut renversée. La France fut l'un des premiers pays à tomber, bientôt suivit par tous les autres. Ce fut le chaos.

Seule comptait à présent la survie de la population, et l'entraide fut de mise. Les médecins s'organisèrent pour être le porte-parole dirigeant de ce qui restait du Monde mais ils ne purent contenir le nombre exponentiel de décès.

Le mieux que sut faire le peuple fut de vivre en petits groupes où chacun veillait sur l'autre, où l'on s'inspectait mutuellement et continuellement. Il n'y avait plus d'intimité. L'espèce humaine était en guerre contre un nouvel ennemi inhumain.

Des sortes de serres entièrement aseptisées et hermétiques virent le jour un peu partout pour cultiver la terre, faire pousser des plantes et fournir de la nourriture saine, c'est-à-dire sans risque de contamination par un *ver tueur*. L'argent n'avait plus d'importance : le Monde luttait pour manger.

Nombreux furent les bénévoles triés sur le tas pour travailler ad vitam au sein de ces serres. Ces bénévoles devaient signer un contrat dans lequel ils s'engageaient à vivre indéfiniment en combinaison, coupé du monde et condamnés à devoir rester travailler sous ces tentes de survivalisme. Le seul avantage était la sureté de la protection contre l'attaque des vers tueurs car les points-contact avec le monde extérieur étaient minutieusement contrôlés par une vigilance extrême, limite paranoïaque : rien ni personne ne devait entrer ni sortir des sas de sécurité sans avoir été fouillé, inspecté et nul n'était autorisé à circuler librement qu'après visionnage des films que les caméras de surveillance avaient enregistré.

La distribution de nourriture avec l'extérieur était aussi rare que possible et la population qui n'avait pas été choisi pour habiter ses tentes de survie, vivait aux abords de telles serres, errant aux alentours pour s'occuper, attendant l'appel du repas. C'est d'ailleurs le nom qu'on leur donnèrent : les *errants*, n'ayant pas d'autre but dans la vie que répondre à l'heure du repas.

Il y eut quelques scandales par rapport à certains d'entre eux. Venus tout simplement se restaurer, quelques-uns avaient apportés involontairement des vers sur leurs habits, et ce n'était pas rare d'assister à quelques décès spectaculaires lors de ces points de ravitaillement.

C'est pourquoi d'autres marginaux tels que nous, évitaient ce genre d'attroupement et recherchaient la solitude, la tranquillité.

Comment faisions-nous pour subsister, allez-vous demander ? De nos propres ressources, cultivant serres et jardins sans relâche, ainsi que tout ce que les gens refusaient de prendre, par peur de voir un ver sortir d'un paquet de chips, de pâtes ou d'une boite de conserve (ce qui nous semblait à nous, complètement ridicule). Nous, nous prenions, l'auscultions et s'il était acceptable de manger ce que nous tenions entre les mains alors nous ne nous en privions pas. Bien sûr, nous vérifiions tout ce que nous trouvions mais cela s'arrêtait là.

Ludovic et moi avions fait de grands stocks de provisions sous forme de bocaux dans notre repère. Nous l'avions construit ensemble. Entièrement hermétique et muni d'un sas à l'entrée, le bâtiment nous offrait une vie assez prospère et assurée. De plus, nous avions adopté une sorte de rituel de vie comportemental qui nous prémunissait contre des inattentions pouvant nous coûter la vie. Par exemple, nous étions extrêmement attentifs lorsque nous avions à ouvrir et fermer les portes et nous ne le faisions jamais seuls. Deux cerveaux valent mieux qu'un. Nous étions plus qu'un couple, nous étions une équipe.

En effet, peu de temps après ma rencontre avec Ludovic, j'avais participé à la construction de son projet de bâtiment en suivant et comprenant au fur et à mesure ses idées et directions visionnaires qui, finalement, s'étaient révélées exactes. Il avait aménagé une ancienne grange en un lieu d'habitation-survivalisme. Bien sûr, il n'avait pas réellement prévu l'*attaque des vers tueurs* mais il avait été en quelque sorte "guidé" par une puissance invisible qui lui soufflait quoi faire. C'est ainsi qu'il avait construit des protections à toutes les ouvertures de l'habitation, destinées au départ à l'impossibilité pour les moustiques de pénétrer à l'intérieur, ce procédé se révéla finalement très efficace contre les mouches et donc les vers. Pour ma part, je l'avais suivi dans son projet quelque peu étrange pour l'époque (car l'attaque des vers n'avait pas encore eu lieu) mais après tout, s'il désirait mettre en place ces mesures de protection excessive sur sa grange, je n'avais aucun argument pour l'en empêcher. Et puis, c'était intéressant de construire cela avec lui. Je me suis laissé d'autant plus convaincre par ses arguments qu'ils semblaient aussi logiques en tous sens, c'est à dire par exemple, le fait que le réchauffement climatique inclurait au long terme à une prolifération de moustiques nous laissait à penser qu'il valait mieux se prémunir contre ce fléau avant qu'il n'arrive, et alors même que nous construisions la grange plutôt qu'après avoir fini les travaux.

Mais quelle qu'en soit la raison de départ, ses dispositifs de sécurité nous permettaient à présent de poursuivre notre vie en totale autonomie. Nous n'étions pas obligés, comme ces *errants*, de tourner autour d'une serre toute la journée pour pouvoir subvenir à nos besoins. Car des ressources, nous en avions ! Et c'était là tout l'objet de notre peur : nous représentions un havre de paix et d'assurance vitale pour n'importe lequel de ces *errants* qui auraient l'opportunité de nous découvrir. De plus, nous nous posions également énormément de questions quant à l'avenir : est-ce que notre permaculture nous permettra de continuer à vivre de cette façon ? Est-ce qu'elle sera à la longue elle-aussi attaquée par les mouches malgré notre serre ? Est-ce que les gens finiront par nous découvrir et nous prendre ce que l'on a ? Ou pire, tout saccager ?

Nous avions prévu des fusils et des cartouches à foison. Tout était prêt en cas d'attaque, y compris nous. Nous nous faisions discrets et vivions le plus souvent cachés, le plus loin possible des points de rassemblements. Quelquefois, nous nous autorisons un moment de détente mais hélas quasiment toujours sur le qui-vive, il était difficile de se laisser pleinement aller. Ce que nous redoutions le plus, ce n'étaient pas vraiment les vers, c'était le comportement que l'Homme pouvait avoir envers nous, par cupidité, par jalousie ou autre. Un humain n'ayant plus rien à perdre est et restera toujours un humain dangereux, peu importe le degré d'intelligence et/ou de compassion qu'il a à la base par rapport aux autres. Pour survivre, l'instinct de prédateur de l'homo sapiens sera toujours vainqueur sur l'analyse et sa capacité de réflexion.

Bien sûr, étant donné que la population s'était considérablement amoindrie, il existait peu de chance qu'un individu passe par notre refuge. Mais, comme la Vie, ou le Grand Hasard, ou le Destin (appelez-le comme il vous plaira) est comme qui dirait assez joueur avec nous, il se produit toujours le pire de ce que l'on redoute le plus, telle la loi de Murphy ! Dans notre cas, un *errant* s'est imposé à nous dans notre quotidien.

Il s'appelait Marc et avait comme nous la trentaine. Il n'avait l'air ni gentil ni méchant mais armé d'un pistolet et nous menaçant avec, je sus, au moment où son regard avait croisé le mien et pour le restant de ma vie, que lui et moi ne serions jamais amis.

Nous fûmes contraints de le laisser entrer dans notre repère, véritable caverne d'Ali Baba pour lui. Il le comprit dès qu'il posa ses yeux à l'intérieur. Mon regard s'était dirigé un instant vers le fusil de chasse près de la porte puis vers Ludovic qui comprit mon intention mais me fit signe de ne rien tenter. Je bouillais de rage. Je n'avais qu'une envie, c'était tuer cet individu qui risquait de briser nos vies, notre quotidien, notre tranquillité.

Ludovic et lui parlementèrent un moment. Marc avait très vite compris à qui il avait affaire et c'est pour cela qu'il avait préféré discuter avec lui plutôt qu'avec moi. On ne sut jamais d'où il venait et ce n'était pas ce que voulait savoir Ludovic. Il voulait avant tout comprendre ce que Marc comptait trouver en entrant ici et maintenant qu'il était devant nous, ce qu'il désirait faire, sous-entendu ce qu'il était capable de faire pour obtenir ce qu'il désirait.

Le deal qui fut convenu ce jour-là était la possibilité pour nous de pouvoir nous reposer sur lui alors qu'il veillait au dehors, et l'opportunité pour lui d'avoir l'assurance d'un abri contre les vers et de la nourriture saine.

Marc avait eu maintes fois l'occasion de révéler notre présence aux autres *errants* mais au lieu de cela, il nous avertissait à chaque fois et demeurait caché avec nous le temps que ces *errants* passent leur chemin.

Un jour, un petit groupe campa non loin de notre abri. Nous restâmes cachés à l'intérieur pendant 4 jours. Au quatrième jour, ce fut Marc qui se proposa pour aller voir. Quand il revint, il dit simplement à Ludovic qu'il fallait qu'il s'habille pour l'aider à une certaine besogne. Quand ils revinrent, ils étaient tous deux épuisés. Je pense que c'est à partir de ce moment-là que Ludovic lui accorda sa pleine confiance. Ils ne devinrent pas complices pour autant mais une sorte de partenariat les unissait, ce qui me faisait détester encore plus ce type.

Pour moi, il n'était pas clair, il était malsain et d'une intelligence sournoise. Il pouvait nous biaiser à tout moment. Je restais toujours sur mes gardes avec lui. Je ne me sentais jamais à l'abri d'un sale coup de sa part. Après tout, pourquoi était-il traqué ? C'est ce qu'il nous avait dit peu de temps après son arrivée mais peut-être mentait-il ? Un statut quo s'était établit entre moi et lui : il se tenait à carreau et je ne le tuais pas. Point barre.

Je ne lui adressais jamais la parole, sauf pour les choses rudimentaires. Ça s'arrêtait là.

Ludovic n'essaya même pas de nous réconcilier. Il estimait que ce n'était pas à lui de se placer entre nous. Mais même s'il avait tenté quoi que ce soit, cela n'aurait pas réussi à empêcher notre animosité de grandir. Cela faisait seulement quatre mois que nous vivions ensemble mais déjà, nous éprouvions de la haine l'un envers l'autre.

Puis, vint le jour où Marc dépassa les bornes alors que nous étions tous deux dans la serre, et Ludovic, à l'intérieur du refuge. Je me suis retrouvée embarquée dans une dispute que je n'avais pas cherchée et, pour ne pas perdre totalement le contrôle alors que j'avais une pioche à la main, je décidai de rentrer auprès de Ludovic. Mais Marc me suivit et continua ses paroles malsaines et surtout pleines de mensonges, histoire de me pousser à bout dans le but de connaître mes véritables intentions envers lui. Je croisai Ludovic et monta à l'étage. Celui-ci tenta de retenir Marc par le bras mais ce dernier se dégagea promptement et continua à me suivre en vociférant. Arrivée à l'étage, je me retournai vers lui et m'apprêtai à lui répondre. C'est alors que j'aperçus un ver sur mon bras. Mais tellement en colère contre Marc, je lui prêtai à peine l'attention qu'il devait susciter et, d'un coup de pichenette, je l'envoyai adroitement sur le bras de Marc qui s'arrêta brusquement de bouger et de parler. Il me regarda alors froidement et d'un coup de pichenette, l'enleva de sa peau.

Ludovic, qui nous avait suivi, n'avait rien raté de la scène. Et alors que Marc et moi nous faisions face, prêt l'un et l'autre à se sauter à la gorge, Ludovic, le fusil à la main, semblait tétanisé. Quand enfin il se décida à bouger, il se mit entre nous et tua le ver en l'écrasant avec sa chaussure de sécurité.

Marc nous tourna le dos et descendit dans le repère que nous lui avions fabriqué pour qu'il puisse s'isoler.

J'annonçai alors simplement à Ludovic :
– Il faut qu'il parte.
Et il me répondit d'une voix faussement calme :
– Je sais. J'irai lui parler demain.

Rassurée, je m'étendis un long moment sur le lit pour me remettre de mes émotions.

Ludovic resta planté un moment au même endroit. J'imaginais qu'il se demandait comment il allait parler à Marc le lendemain mais c'était tout autre. En réalité, il venait de craindre extrêmement pour ma vie et était en colère face à l'insouciance dont j'avais fait preuve. Moi évidemment, je ne m'étais rendue compte de rien.

Ludovic me dit plus tard qu'il avait passé sa nuit à réfléchir aux discours des anciens scientifiques, ceux-là même qui avaient affirmé qu'une paranoïa était la principale maladie qu'il fallait éradiquer. Il n'avait cessé de se repasser la scène entre moi et Marc, en essayant de comprendre pourquoi ni l'un ni l'autre n'avaient subi de crise cardiaque. Il avait compris que c'étaient principalement les émotions qui nous géraient, qui faisaient en sorte que nous mourrions ou pas face à un stress intense. C'est ainsi qu'un homme avait pu survivre miraculeusement en sautant du haut d'une des deux tours lors des attentats du 11 septembre 2001, rebondissant sur le sol puis repartant en boitant. Puis, il s'imagina l'impact de cette vérité sur nous, sur nos vies à tous et, décidant de ne rien me dire, il mit au point un plan pour le lendemain, dévoilant au monde ce qu'il avait eu devant les yeux : la preuve que les vers n'étaient pas mortels pour l'homme !

Il réussit à me convaincre le lendemain d'accompagner Marc à un lieu de rassemblement où nous prendrions un dernier repas ensemble avant de se quitter définitivement.

Cela faisait longtemps que nous ne nous étions pas confrontés au monde extérieur mais cela ne nous avait pas manqué : visages des gens apeurés, maintien d'une distance bien plus que respectable entre les individus, méfiance dans les regards. Comme nous étions peu connus, nous étions l'attraction de tous. Je ne comprenais pas pourquoi Ludovic nous exposait ainsi, lui qui était si prudent d'habitude.

Nous nous assîmes à table. Marc s'installa en face de nous. Celui-ci mangeait un sandwich sans me lâcher des yeux, par défi. Il était vraiment temps qu'il nous quitte. Je mangeais sans broncher en pensant à toute la colère qu'il y avait en moi contre lui qui allait bientôt s'évacuer, quand tout à coup, mes yeux suivirent instinctivement ce qui bougeait sur la table et qui se dirigeait vers Marc. Et alors, toujours par défi, Marc prit une de ces choses et la posa sur son bras, en me toisant du regard.

Quand je compris ce qu'il avait fait, je le regardai avec stupéfaction. Celui-ci souriait :

– T'as peur de me voir mourir ? Tu tiens à moi finalement ?

En réponse à cette nouvelle provocation, je pris une poignée de vers blancs dans une boite placée devant nous et la lui balança à la figure. Et puis, je me rendis compte de tout : les vers blancs sur ma peau et sur celle de Marc et la boite d'où ils venaient, placée volontairement entre nous par… Ludovic !

Je le revoyais ouvrir cette boite et la mettre entre nous mais aveuglée par la colère que j'éprouvais pour Marc, je n'avais pas prêté plus d'attention à ce qu'il y avait dedans, ni à l'impact que ces vers pouvaient avoir sur nous, exactement comme la veille. Je me visualisais avec le ver sur ma peau le balançant sur Marc. Et enfin, libérée de cette colère trop longtemps contenue en moi, je pris conscience que malgré tous ces contacts avec les vers, nous n'étions morts ni l'un ni l'autre. Mais que signifiait tout cela ? Seul un individu pouvait nous donner la réponse : nous

nous tournâmes tous deux vers Ludovic qui entreprit de prendre tranquillement un papier sur la table afin de m'essuyer ma main pleine de vers. Il me dit simplement :

– Je serai toi, je mangerais ce qu'il y a dans mon assiette avant que les vers ne le mangent.

Puis, il continua de manger, comme si rien de tout cela n'était important. Mais tous les regards étaient dirigés vers nous et certains filmaient la scène avec leurs portables. Ce que je détestais ça : être un sujet d'attraction ! Néanmoins, sous le conseil de Ludovic, je continuai à manger en essayant d'oublier tous ces gens qui nous fixaient autour de nous.

~

La professeure de philosophie éteignit le rétroprojecteur sur cette scène et, en ouvrant les stores pour laisser à nouveau la lumière éclairer sa classe, déclara :

– C'est ce qui s'appelle la contamination mentale par l'attachement à la négativité, annonça-t-elle fièrement. Je vous donne un exemple : tous les humains développent au cours de leur vie une aversion plus ou moins forte pour les araignées. Un enfant au début de sa vie n'en a pas peur. C'est notre comportement négatif que l'enfant mime quand il grandit, reproduisant ainsi nos réactions et par conséquent, enregistre dans son cerveau qu'une araignée est synonyme de terreur, mais sans comprendre réellement pourquoi ! Dans le cas des vers blancs, l'effet de la vision d'un ver sur la peau a créé en nous une sorte d'aversion extrême. Et puis, le contexte social et politique que nous vivions à cette époque-là a contribué fortement à l'accroissement de la paranoïa au sein de la population. Les premiers cas de décès dus à la contamination mentale ont été inspirés des images négatives colportées par les médias et puis, notre capacité cérébrale à se modifier à fait le reste : nous étions convaincus de nous faire *attaquer*… par des vers !!

Le rire des enfants explosa dans la salle. Satisfaite de sa plaisanterie, la professeure attendit que les enfants se calment avant de poursuivre :

– Le calme de Ludovic, la froideur de Marc et l'insouciance de Laetitia a fait en sorte, ce jour-là, de ne pas créer la vague de panique habituelle dès que quelqu'un voyait un ver sur sa peau. Leur comportement peu orthodoxe et aussi le fait qu'ils n'avaient jamais été vu dans ce repère auparavant ont créé les conditions idéales pour que la population aux alentours soit suffisamment curieuse pour essayer de comprendre ce qu'il se passait entre ces trois-là.

De plus, tout de suite après cette scène, ils ont eu le bon réflexe de continuer à manger, ce qui inconsciemment apaise les gens.

– Ah bon ? Mais Madame, ce n'est pas possible d'apaiser les gens seulement en mangeant, fit remarquer une élève.

– C'est tout à fait possible ! C'est d'ailleurs un réflexe primitif. Lors d'un conflit, interpose-toi entre des personnes qui se disputent, en mangeant une pomme par exemple ou un sandwich, n'importe quoi et tu verras un apaisement des tensions de chaque côté.

– Mais pourquoi ?

– Manger est l'un de nos désirs primaires. Et lorsque nous satisfaisons ce besoin, nous procurons à notre organisme une hormone de plaisir.

La classe se mit à rire. Du coup, la professeure se reprit :

– Ou tout du moins, on procure à notre corps une hormone de satisfaction, d'apaisement.

Mais la classe se dissipa et chacun parlèrent à son voisin. Alors, elle tenta de les focaliser sur une nouvelle attention commune :

– En tout cas, je pense que vous pouvez demander à votre camarade de classe Anataël, pour plus d'éclaircissement puisque Ludovic et Laetitia sont ses parents.

Anataël avait l'habitude qu'on parle de lui de cette manière. Il ne s'en offusquait jamais et lança même à sa nouvelle classe :

– Je peux même vous montrer la fin de la vidéo, la partie qui a été censurée. Vous voulez la voir ?

Tous les élèves se levèrent pour voir la vidéo sur son portable mais la professeure s'interposa et demanda à tous de s'asseoir. Le calme revint un instant dans la classe. Puis, après un moment d'hésitation, elle demanda :

– Tu peux te connecter à mon ordinateur pour qu'on puisse la voir sur grand écran ?

Tout le monde poussa un cri de joie et Anataël, en souriant, fit oui de la tête.

~

Je continuai donc à manger mon repas en pensant cette fois à l'impact que nous étions en train de fournir à la population mondiale. Et puis, je me mis à contempler Marc, avec moins d'animosité dans le regard que je ne m'en serai cru capable. Celui-ci le remarqua et, encore par provocation, prit une poignée de vers qu'il mit dans sa bouche en mâchouillant bien devant moi.

Je le regardai avec moins d'empathie et beaucoup plus de dégoût, à croire qu'il s'était habitué à mes regards glacés et qu'ils lui manquaient.

Je me tournai vers Ludovic qui n'avait rien manqué de la scène et lui annonça simplement :

– Non vraiment, mon cœur, je ne pourrai jamais supporter ce gars-là.

Fin de la vidéo.

"Qui connaît l'art d'impressionner l'imagination des foules connaît aussi l'art de les gouverner."

Gustave Le Bon,
Psychologie des foules

Le Monde de Lilou

Le Monde de Lilou

Au sein du centre de rééducation, Lilou sortit de la chambre de son patient en terminant sur un sourire. En fermant la porte, elle faillit coincer un lutin qui en sortait avec une denrée sous le bras, *surement volé dans l'assiette du patient*, pensa-t-elle.

Puis, ses yeux se portèrent sur le lève-malade. Une licorne l'y attendait et tapait du sabot en hennissant.

– Oui Pégase ! J'arrive.

Elle s'empara du lève-malade et, s'en servant comme d'une trottinette, parcouru le couloir à une vitesse folle avec des "Yee-Ha !" de plaisir. La licorne avait étendu ses ailes sous l'effet du courant d'air. Lilou se servit du talon d'une de ses crocs déjà bien abimées, pour freiner in extremis avant de percuter le mur. La licorne courra de long en large sur le lève-malade en hennissant. Lilou en déduisit qu'elle avait adoré cette balade.

– Bien ! Descends maintenant.

La licorne s'exécuta et Lilou pénétra dans une nouvelle chambre dont le voyant rouge s'était allumé.

Les lutins, déjà en état d'alerte, s'étaient munis de pioches, pelles et surtout de lance-pierres. Les voyant ainsi équipés, Lilou leva les yeux au ciel.

Une fois le patient tourné sur le côté dans son lit, Lilou s'afféra à nettoyer ce qu'il fallait pour que le patient soit propre, avec "l'aide" des lutins. La plupart d'entre eux se contentaient d'être aux côtés de Lilou et commentaient, pioche ou pelle sur le dos, le bon déroulement de l'opération. Le reste de l'équipe s'occupait de divertir le patient en se lançant des grenades d'une substance inconnue gluante et colorée. Parfois, ils étaient assez drôles et cela avait toujours pour conséquence de détendre les patients.

Quelquefois, Lilou prenait plaisir à s'asseoir sur le lit d'un de ses patients et ils visionnaient ensemble une vidéo sur Internet. C'était le seul moment où la licorne avait le droit d'entrer dans la chambre et manger des pop-corn avec les lutins, bien qu'elle préférât avant tout léchouiller les oreilles du patient, faisant ainsi tomber les lutins qui s'y étaient installés, provoquant d'innombrables disputes et de scènes rigolotes.

Enfin, Lilou ayant terminé ce qu'elle avait à faire dans cette chambre, sortit avec le lève-malade. Elle aperçut sa collègue infirmière à l'autre bout du couloir qui, à l'aide de son chariot de médicaments, allaient distribuer les traitements aux patients restés dans les chambres.

Les lutins s'étaient regroupés de l'autre côté du chariot de sorte que l'infirmière ne puisse pas les voir. Ils étaient en compagnie d'une très jolie fée qui volait à quelques centimètres au-dessus de leurs têtes. Ainsi, chacun leurs tours, ils s'amusaient à sauter pour déterminer celui qui réussirait à atteindre sa hauteur et lui voler un baiser.

Ils incitèrent Lilou à venir les rejoindre, chose qu'elle fit immédiatement.

Elle s'agenouilla derrière le chariot et fut ainsi à la hauteur de la fée qui lui fit un bisou sur la joue. À ce moment, tous les lutins poussèrent un "Piou" de jalousie et de déception.

Lilou se releva brusquement avant que les lutins ne s'attaquent à elle par vengeance et s'exclama tout haut un "Piou" autoritaire pour marquer la fin du jeu. Mais sa collègue qui ne l'avait pas vu se cacher derrière le chariot poussa, elle, un hurlement de terreur.

Les lutins et la fée disparurent sur le champ et Lilou se contenta d'éclater de rire devant la tête de sa collègue.

Arriva 12h15, l'heure de la pause pour Lilou. Elle rejoignit ses collègues pour manger. En sortant son Tupperware du frigo, elle déclara :

– Il est temps de manger ça, depuis le temps que ça chauffe au micro-onde !

Une de ses collègues tiqua et lui répondit :

– Ben ! Tu le sors du frigo là ! Pas du micro-onde !

– Oui, répliqua Lilou en s'installant à table. C'est bien ce que je dis ! Ça doit être brulant.

Elle poussa la plaisanterie jusqu'à souffler sur ses aliments avant de les enfourner dans sa bouche. Sa collègue la regarda bizarrement sans savoir quoi ajouter d'autre.

Lilou s'amusait beaucoup de ce genre de réaction. Elle se plaisait à penser qu'un jour, à force de faire ses bizarreries, les gens qui l'entouraient finiraient par voir, eux aussi, le côté amusant de la vie.

Un autre jour, alors qu'elle passait devant une salle de soins hors de son secteur, elle avait vu deux lutins se disputer sur une souris d'ordinateur, sautant tour à tour l'un sur le clic gauche et l'autre sur le clic droit. Pour mettre fin à cette dispute, Lilou avait tout simplement inversé le clic droit et gauche des souris de chaque ordinateur de la salle, évitant ainsi qu'ils recommencent avec une autre souris.

Le soir venu, Lilou avait oublié son acte et entendit l'infirmière de cette salle de soins hurler de colère. Elle s'approcha et constata qu'un nombre impressionnant de lutins s'étaient agglutinés dans la salle, bouchant même la sortie, pour assister au spectacle d'une infirmière en furie.

C'est à ce moment que Lilou se souvint de ce qu'elle avait fait et, en poussant quelques nains, se fraya un passage dans la salle pour venir déclarer en toute simplicité que c'était elle qui avait causé ce désagrément et qu'elle allait rétablir les fonctions normales de la souris.

Elle effectua donc sa correction devant une infirmière médusée qui était partagée entre le fait de ne pas y croire et celui de tuer Lilou sur place.

Finalement, elle laissa sa colère exploser en lui disant que cela faisait plus d'une heure qu'elle essayait de faire sa "commande pharma" sans y parvenir !

Les lutins et Lilou explosèrent de rire, ce qui énerva encore plus l'infirmière. Pour en finir, l'aide-soignante présente dans la salle se manifesta en annonçant gentiment à Lilou de s'en aller et que maintenant qu'elle savait ce qu'elle avait fait, elle pourrait s'occuper de rétablir les fonctions des autres souris sans son concours.

Lilou avait alors laissé les lutins seuls dans leurs amusements et avait rejoint sa collègue dans son secteur pour lui expliquer le pourquoi du comment de l'énervement de sa collègue dont on entendait encore les cris bien au-delà des couloirs.

Cependant, malgré tous les tours et astuces que Lilou avait dans son sac pour amuser les lutins, ils avaient peu à peu délaissé les lieux et étaient partis pour d'autres aventures, ailleurs.

Alors un beau jour, Lilou avait disparu elle aussi, non pas sur un coup de tête mais sur un cou de licorne, laissant ses collègues s'enfermer dans leur quotidien sans fée ni lutin ni licorne. Personne ne s'était inquiété de garder contact avec cette fille tellement imprévisible et étrange à leur Monde. L'avaient-ils seulement comprise ? Avaient-ils essayé ?

Lilou était partie à présent. Il ne fallait plus s'en soucier. Passons à autre chose.

Mais à quoi ? se demandait-elle parfois.

"Les vieux amis s'en vont, de nouveaux amis apparaissent. C'est juste comme les jours. Un vieux jour passe, un nouveau jour arrive. L'important est de le rendre significatif : un véritable ami ou un jour qui ait du sens."

Dalaï Lama

La planète Théorie
***
3ème partie

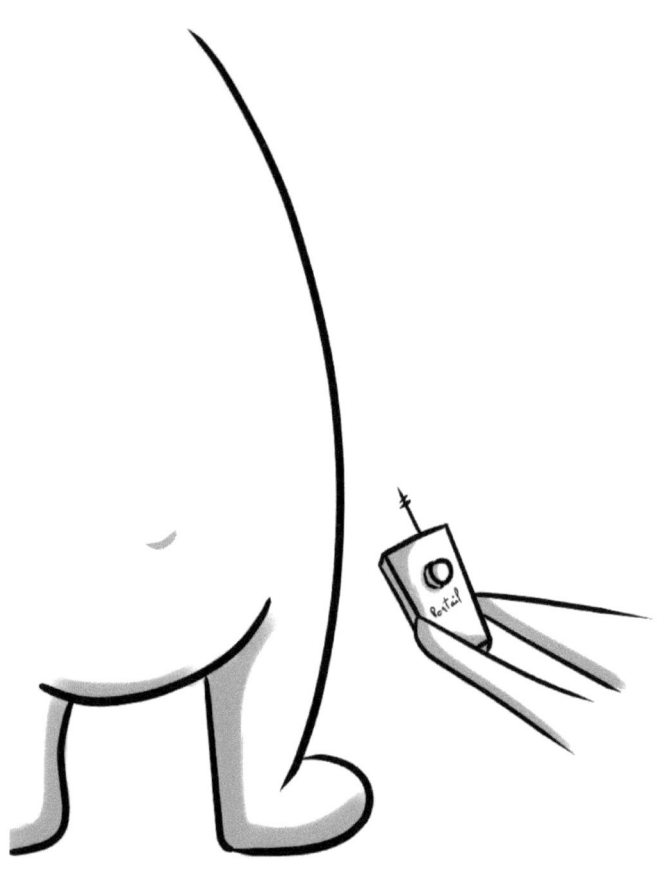

La planète Théorie - 3ème partie

Camille jouait près de la maison. Maintenant que son père ne travaillait plus, tout était devenu plus harmonieux dans leur famille. Mais comme le Hasard nous pousse toujours à tendre vers l'aventure et la Découverte des Choses, ses petits yeux d'enfant curieux se portèrent sur une sorte de petit boitier qui était posé là, sur le sol. Il portait l'inscription "Portail". L'enfant ne sachant pas encore lire, ne pouvait pas savoir à quoi servait ce nouveau jouet. Il appuya donc instinctivement sur un des boutons. C'est alors qu'il eut l'impression de se découper en plusieurs petits morceaux de lui-même et se sentit aspiré dans un gouffre très profond, comme un énorme tuyau d'aspirateur. Puis, tous les membres de son corps se recomposèrent et retrouvèrent leur place d'origine.

Lorsqu'il put enfin ouvrir les yeux, ils papillonnèrent d'étonnement face à ce qu'il avait devant lui. Il se demandait… Il lui semblait que c'étaient… Mais oui… C'étaient bien…

Des gens-Hippopotames !!!

"Le délire, c'est la théorie d'un seul, tandis que la théorie est le délire de plusieurs."

François Roustauf,
Un destin si funeste !

Table des matières

Herr General ! 9

La planète Théorie – 1ère partie 25

La préhistoire dans l'homme moderne 35

L'immensité 41

La planète Théorie – 2ème partie 45

Guthrie et les robots 53

L'*attaque* des vers blancs 59

Le monde de Lilou 79

La planète Théorie – 3ème partie 85

Remerciements

~

Un **immense** merci à ma magicienne illustratrice, Inès, qui a su parfaitement représenter les images que j'avais dans ma tête

Et un merci particulier à une certaine Stéphanie (celle qui a osé m'appeler "peau-de-poulet") pour qui les mouches sont les êtres les plus dangereux de la planète et donc sans qui l'attaque de vers n'aurait pas existé.